事业昌盛

·办公室装修装潢·

谈云达 编著

成都时代出版社

古老中国传承千年

的风水理论

现代科学人与自然

的和谐之道

办公室

风水

Fengshui theory passes from the old china for thousand years and indicates the harmony relation between nature and human beings in modern science

　　风水作为一门学科，主要成熟于汉魏之际，其核心是研究人与自然的关系。在古代，自然一般用"天"来指代。天人关系历来是中国古代各种理论研究的中心问题，司马迁就曾将其写《史记》的目的阐述为"究天人之际，通古今之变，成一家之言"。司马迁出身史官世家，又参与过汉代历法的制订和推广工作，其对天人关系的重视，可说既来自家族传统又与个人兴趣有关。《史记》对天人关系的考察主要体现在《天官书》中。后世史学家如司马光等，也同样继承了这一传统，《资治通鉴》高皇后（吕雉）七年（庚申，公元前181年）条有如下记载："己丑，日食，昼晦。太后恶之，谓左右曰：'此为我也！'"可见，天人感应在古代是一种被普遍承认的理论。

　　中国古代学术研究的特点是强调整体、经验、玄想，现代学术研究则强调分析、实验、实证。虽然两者在方法和结论方面都有不同，但并不妨碍两者有共同关注的核心问题，天人关系就是古代和现代各种理论的核心问题之一。

　　风水学是一门特别容易在现代获得共鸣的学科（建筑大师贝聿铭就很重视风水学），现代风水学在西方也流传甚广（近期的《华尔街日报》就曾登载过相关文章），虽然其研究方法和基础理论都有所更新，但中心问题仍然是研究人与环境的关系。人与环境构成了一个复杂系统，对复杂系统的研究，单纯的实验和实证很难发挥作用，这时候古代风水学那种强调整体和经验的研究法就能派上用场了。当然，风水学研究方法的更新仍是不可阻挡的潮流，例如用能量、场等观念代替"气"等概念，用心理影响代替"煞"等观念，都是非常有意义的。而对风水学的各种理论进行模型研究，对建立科学的风水学，也是有划时代意义的事情。

　　对风水学而言，现代建筑，如办公室、城市住宅、商铺等，在很大程度上都是一个全新领域，如果不引进新的理论和观念，则根本无法对其进行有效研究。本套丛书以古代风水理论为基础，结合现代风水基础理论，在构筑现代建筑风水理论方面进行了大胆而有益的尝试。就此而言，无论是对风水理论感兴趣的读者，还是希望在生活中得到风水理论指导的读者，这套丛书都是不可多得之作。

　　本书着重阐述了商务风水的各种要领要诀，既从建筑、环境科学的角度进行了分析，又从传统的风水学角度予以阐述，是每一位求职创业者必备的风水宝鉴。

目录 CONTENTS

CHAPTER 1

得

如何营造吉祥办公室

HOW TO BUILD LUCKY ATMOSPHERE IN OFFICE

单独地看，『风』和『水』都只是自然物质的一种，并没有什么特殊和难解之处；但当这两个字被古人组合在一起后，却成了一个不易理解又极富暗示意味的词。

要探究其准确含义，还得从其最初出现的语境着手。『风水』一词作为整体出现，最早是在汉代青乌子的《青乌先生葬经》中，该书说：『内气萌生，外气成形，内外相乘，风水自成』，此处提及的『风水』一词已经是当成一个惯用词在使用了。而晋代郭璞的

《葬经》也提到『风水』，且对其含义做了解说：『气乘风则散，界水则止，古人聚之使不散，行之使有止，故谓之风水』。又说：『风水之法，得水为上，藏风次之』、『深浅得乘、风水自成』等等。体

思，显然『风水』一词的本义是指一种『得气』的方法，盖因利用『风』和『水』来得气是最常用的方法，所以将得气之法通称为『风水』或『风水法』。这种含义与后世用法已基本相同。

味这里的意

Gain Lucky Atmosphere in the Way of Fengshui

一、风水法就是"得气"之法

要准确地理解"风水"一词，我们还可以参考西方的四元素说。四元素指"风、火、水、土"四种元素，古希腊人认为这四种元素构成了物质世界，其中"风"一般也等同于"气"，而"气"则被视为是四元素的本源，例如古希腊的米利都派哲学家阿那克西米尼就把气或者空气看做是原始物质，并把其他元素说成是由空气组成，例如空气变得稀薄后就成了火。

中国古代哲学家往往也把气视为宇宙的本源或构成宇宙的基本物质，例如北宋的张载和南宋的朱熹，都把气视为构筑宇宙的基本元素。而从《葬经》的文字中，我们也可以知道，风水学就是一门关于如何"得气"的学说，即如何想办法使气"聚之不散，行之有止"的学说。气虽然是风水学最核心的概念，但要给出准确的解释却并不容易。一是因为中国古代的风水学流派和著作众多，目前并无大家认可的权威理论；二是古代哲学、医学等学科都有自己对气的解释，各解释既有联系又有差别，以何为准，本就不是一件容易取舍的事情。不过，总的来看，风水学中的"气"是有精神和物质两种属性的。现代风水学中，有人把"气"进一步理解为能量或微粒，这不但超出了古人的认识范围，也与古人认为的气的两重性不合，实无必要。当然，如果要发展出一门现代风水学，完全以能量观念来建立，也未尝不可，但这已与古代风水学无关了。

风水书签 OFFICE SPACES

"四元素说"是古希腊关于世界的物质组成的学说。这四种元素是土、气、水、火。这种观点在相当长的一段时间内影响着人类科学的发展。巴比伦人和埃及人曾经把水，后来又把空气和土，看成是世界的主要组成元素。米利都派哲学家阿那克西曼德又加上第四元素火，并且设想在元素形成之前还有一种原始物质。四大元素由这种原始物质形成之后，就以土、水、气、火的次序分为四层。火使水蒸发，产生陆地，水气上升把火围在云雾的圆管里。人们眼中看见像是天体的东西，就是这些管子的洞眼，使我们能从洞眼中望见里面的火。另一个米利都派哲学家阿那克西米尼则把气或者空气看做是原始物质，并把其他元素说成是由空气组成，空气变得稀薄后就成了火。他的论证是，空气从嘴里呼出来是热的，而在压力下喷出来时则感到是冷的。同样，通过凝聚的过程，气先是变成水，然后变成土。这些元素之间的差异只是量变的结果，元素只是凝聚或稀薄到不同程度的空气。气一般也被视为风。西方占星术即以四元素说为基础。

明白了风水学所说的"气"包含精神和物质两方面后，我们对风水学既有科学性又有神秘性就不会奇怪了。

从科学性的一面来说，风水学可以被视为是一门研究人和周围环境之间关系的科学，这种关系包括心理的、生理的、经济的、社会的、群体的、生态的等各方面。而就神秘性的一面来说，风水学研究的是人与影响人的"气场"之间的关系。由于建筑的内外环境和所布置的物品在"得气"方面的能力和属性各有不同，因而也构成了对人"好"、"坏"不同的"气场"。而由于同类型或同性质的环境和物品在"得气"方面的"表现"是相似的，因而，我们可以认为不同物品或环境具有某种相对固定的得气属性。其中，有利于"得气"的可以称为"正属性"；不利于"得气"的可以称为"负属性"。这样，我们就可以依据环境或物品的得气属

性来定性地研究出某一个建筑系统的整体气场。为便于叙述，我们可以把物品或环境的这种得气的属性称为"风水属性"，而把一个建筑的内外环境和各种物品共同作用后的整体气场称为"风水场"。

一个建筑的风水场，是内外环境和各种物品的"风水属性"按照一定规律（如五行生克）相互作用后共同形成的；但这种风水场不是固定不变的，人们可以依据风水规律改变建筑的内外环境，同时

还可以通过对物品的增减和改变摆放方式从而影响并进而改变建筑的风水场。人们所说的风水物品就是能改变建筑风水场的物品。

古人总结了具有最优"风水场"的建筑外环境模式：在建筑的四周形成左青龙、右白虎、前朱雀、后玄武的格局；同时，四方环抱，层层展开，并且各个山脉要朝向穴心即风水建筑；水要环抱，后要有靠山屏障，左右则是砂山环抱，前有朝案围

4

拱，出入循水口穿行。简单说就是：山环水抱，山清水秀，青龙、白虎等四神作为方位神灵，各司其职护卫着城市、乡镇、民宅。凡符合"玄武垂头、朱雀翔舞、青龙蜿蜒、白虎驯俯"者即可称之为"四神地"或"四灵地"，这是古人认为的风水宝地。可以看到，这种风水宝地，山环水抱，主要是有利于得气，而山清水秀则是指所得之气性质较佳，有利人之心理。而青龙、白虎等守护神灵，对人则是一种精神依靠，有利人之心理健康。

总结古人的建筑风水理念，可以概括为以下几点:

1. 风宜徐来

最理想的建筑环境应有柔和的轻风徐徐吹来，清风送爽，才符合居住之道。按现在的解释风应该在平流层范围内，而不宜有产生紊流或涡流的大风。确定一个对人体长期健康影响的风速标准，这也是我们现代人为了自身的健康应该考虑的，因为强旺的风以及携带的灰尘等是可以直接影响人的健康的。

2. 地势宜平

古人认为，地势平坦的房屋较为平稳，而斜坡则颇多凶险。按现代的观点，斜坡上的东西总有向下运动或有变形的势能，并有可能对人的心理造成一定潜影响。现在的楼盘建筑如果建在地基流变性

有差异的地形或存在潜在流变性的地形，也是不稳定的。

3. 建筑布局，以气为先

气以流动为特征，人或仪器可以感受到的气主要有：

（1）**人体必需之气**：空气（O_2、CO_2、N_2 等）、水以及水气（直接水与植物之水）。山清水秀且水环抱的特点，用现代的话说，具有一定的负离子及适宜的湿度，对人体健康的需要非常有利；另一个方面符合"天人合一"思想。

（2）**气之清浊**：山清水秀即气之清；山枯水污则气为浊。气浊为建筑风水的大忌，对人体的健康有害而无利。生态环境的恶化曾使许多古文明消失。

（3）**人气——财富之气**：实现财富效应的一般过程，是通过人气带动商机，进而形成财气。如地铁的开通，会因人流大增使人气急升，从而带来附近房产商业价值的高涨，从风水学角度看就可以认为地铁是财气。但仔细分析，我们会发现铁路只是实现财富的直接或间接载体，人气才是财气最直接的源泉。商业百货大厦建在繁华闹市、大山旅游景点的开发等都可以说明人气是财气的直接源泉。但一般的风水师很少甚至不谈人气，直接将水包括

城市中的公路、街道和人的财气联系起来，这是有失偏颇的，具体问题要具体分析。

　　（4）**对天交流之气**：主要是微波等，是古人认为实现"天人合一"的主要物质基础。

　　（5）**感官感受之气**：如光、温度，是非主流的。风水学有关气的构成中分为生气、死气、阴气、阳气、土气、地气、乘气、聚气、纳气、气脉、气母等，认为不论是生者还是死者，只有得到生气，才能有吉兆，因此，风水的宗旨是理气，即是寻找生气。古风水理论所论之气，带有一些朴素的唯物论色彩，认为气是构成世界本原的元素，它变化无穷，变成山，变成水，在天空周流，在地下运行，滋生万物。

　　以上内容主要是通过对古风水理论的核心理念——气，进行研究，来得到一般的风水原则。

Four Principles Help You Gain Lucky Atmosphere

二、有助办公室"得气"的4大风水原则

将"得气"原则与各种风水基础理论（阴阳、五行等）结合，则可以发展出各类风水理论。办公室风水理论也是建筑风水理论的一种，实际上，其中并无太多实质性的区别，传统风水理论原则上都可用于办公室风水。不过，任何领域都有一般性和特殊性，现代办公室更是完全不同于古人建筑观念的新型建筑，因而，办公室风水的特殊性又比住宅、商铺等的特殊性更多。办公室风水的特殊性主要体现为下面几点：一是办公室属于公场所，很多办公室没有明确的主人，传统风水学中关于命卦之类的理论往往不太适用；二是办公室主要是为经济目的服务的，选择办公室时经济原则应放在首位，风水原则应放在第二位；三是办公室是服务于人的，任何风水原则应以不影响人的居住办公的方便性为第一位；四是对于办公室内的新型办公设备，对其风水特性要加以综合评估，不能因其有辐射性等，就认为不利风水。

1. 以人为本、自然和谐原则

任何风水学理论，都应该以服务于人为目的。古人认为风水的最佳境界是达到"天地人"的和谐统一，但这种和谐首先还是从人的观点来看的和谐。在构筑办公室内外环境的风水场时，也应以服务于人、使人感到轻松舒畅精力充沛为原则。一个装修豪华却不能让人感到轻松适意的办公室，也许能让外人觉得富丽堂皇，但对工作在其间的人却未必是一个好的办公室。

办公室服务在某种程度上是一个公场所与私场所的结合。从公的一面来说，办公室应使来访的客户、"兄弟"部门职员、员工亲友等都有一种舒适

和谐的感觉；而其作为私场所，则主要服务于在本办公室办公的中高层管理者、普通员工，并力求使他们各得其所。这里值得指出的是办公室风水布置要注意组织的文化背景。例如具有欧美文化背景的组织往往强调组织成员之间的"形式平等"，因而一般管理者和普通员工都在同一个办公区间办公，且很多不设固定座位。对于这种文化背景的企业，如果强行安排"老板房间"等等，反而会破坏个人和组织的和谐。

2. 先经济后风水原则

古人强调"事有经有权"，即事情有一般原则也有变通原则，但所谓变通并不是无原则的变通，而是一种有更高原则的变通。例如孟子强调的"嫂溺，援之以手"虽违背了"礼"的原则，但符合更高的"仁"的原则。

现代社会是一种组织社会，其中绝大多数组织都是以利润为主要目的而构建的。办公室作为组织进行经济活动的场所，当然首先要符合经济原则，这是优先于风水原则的一条更高的原则。

例如在进行办公室选址时，出于经济原因，可能一定要选择火车站附近，尽管这里人流嘈杂、噪音严重、风水不好，但出于经济目的只能选择那里，而风水师所能做的是尽可能改善其风水。

另外，风水好的办公室往往租金也贵，当风水与经济性原则对立时，我们如何选择？这其实是个两害相权取其轻的问题。当租金的差别足以影响公司的生存和发展时，当然是选择经济性，仓廪实而知礼节，当一个人或一个组织面临生死存亡时，生存是第一位的。选择风水差一点的房子，虽然生意

肯定会受到影响，但只要生存下来了，完全可以以后再调换办公室。如果公司并非处于生死存亡关头，那么最好还是要重视风水。一个风水场优良的地方，其带来的利润往往远在租金的差价之上。

房地产行业在评估房子的价值时，有一句经典名言——"地段，地段，还是地段"！一个位于荒山野岭但风水绝佳的建筑一般不能成为一间好的办公室，这是说明经济原则必须大于风水原则的一个最好例证。

3. 公大于私、组织优先原则

办公室是多名员工共同工作的场所，员工之间主要是同事关系（所谓老板，如总经理，有时候也是雇员），虽然也有上下级之分，但并没有主从或重要不重要的区别。如果不同员工风水场有冲突时，那么应该怎样来安排风水布置呢？

其实，这类问题并不是应用风水理论时就必然会存在的问题。实际上，这类问题是建立在风水与人的命理有关的理论的基础上的。这方面的代表理

论是"八宅派"以及"东四命和西四命风水术"。这种风水理论认为人都有自己的命卦，房子也有自己不同的宅卦，每一个人都最好入住宅卦与自己命卦相同的房子。"八宅派"、"东四命和西四命风水术"诞生的年代，不用说是在主要以自建房为主的古代，而在今天这种大部分人要倾尽一生之积蓄才可能买得起一套房子的时代，八宅派、玄空派等风水理论是否适用于办公室，本身就是一个问题。即使要把它强行应用在办公室风水领域，即使我们确定了以老板命理作为调整风水场的依据，也还是

不可避免地会遇到下列问题：

（1）很多上市公司是没有真正的老板的，那么应该以谁的命理为准？如果以现任领导人的为准，那么据此类推的话，是不是当企业或公司更换负责人时办公室风水也必然要据此做出调整？

（2）那些分公司办公室，应该以什么人的命理为布置风水的原则？分公司领导人似乎不够分量，总公司领导人在这里又不设办公室。总之，如果真要把八宅派风水理论应用在现代办公室中，很多困难将是难以克服的。

实际上，现代经济组织的组织原则是强调任务和责任，每一名员工都有自己的责任和权利，虽然其大小有明显差别（有决策权的中高层管理者，其责任和权利大于普通员工），但在性质上并没有本质的区别。在这种组织中，公司或企业比个人重要，员工整体比员工个人重要。因而我们可以断言，传统风水理论那种过于重视个人风水场的观点，不可能完全适用于办公室风水，即使这种理论是以企业或公司领导人为核心也是如此。如果因为更换了一个领导人就要大兴土木或兴师动众搬家，这种破坏力足以抵消风水改善带来的"好处"。

也正是基于"公"大于"私"、"组织"大于"个人"的观念，如果一个人因为改变自己周围的风水而影响到其他员工，并影响到整体工作时，只能要求个人做出让步。

4. 时移势易、因地制宜原则

风水的最高原则是追求"天地人"的和谐，这是自古以来就被坚持的原则，但在将风水理论具体应用到各种场合时，则必须根据时势和地理等进行调整。例如古代风水强调建筑要有"靠山"，但在现代城市中已经很难找到山，因而很多风水师认为一些高大的建筑就可以被视为山。这种"与时俱进"的观点是值得称赞的。古代风水选址六法"觅龙、察砂、观水、点穴、定向、时运"就有时运这一条，正是古人强调要"与时俱进，因地制宜"的一条风水原则。

俗话说"风水轮流转"，说的就是自然地理的风水场随着天象时势的变化而变化的规则。古人认为，即使是"三元九运"这样的风水宝地，也不是永恒不变的。一般的风水宝地只反映了在地理空间上的环境优选，并不具有永恒，故称"地运"。地运要受天的影响，也要受地（气候、区势、地势、物产等）、受人（战争、开垦等）的影响。

对于现代办公室而言，内外环境都已比风水学诞生的年代有了较大的变化。外环境方面，城市成为人类主要居住地，自然风水已难见到，而像地铁等一些新型事物的出现，对于传统风水理论都将构成一种挑战；内环境方面，大量现代办公设备的出现、中央空调的使用，都会对传统风水中"气"的理解造成困惑。但这并不说明传统风水理论已不适用，只是说风水理论也需要"与时俱进"。

How to Meterage Fengshui in Office

三、怎样测量办公室风水

无论是准备搬入的办公室，还是已经入住的，如果不经过仔细测评，其在风水上一般都会有一定的问题。而任何一位风水大师，都不可能只凭肉眼来评估风水，使用风水测量工具，并依据一定的风水理论来进行比较分析，是非常必要的。在风水测量中最基础的是八卦理论，最常用的工具是风水罗盘。

风水书签 OFFICE SPACES

阴阳与五行

先秦时期，阴阳和五行还是两种独立的理论系统。用现代哲学理论衡量，阴阳理论主要是一种方法论，中国传统哲学理论中的"一阴一阳之谓道"即强调这种对立统一之道。阴、阳的原始含义（背着日光和向着日光）本就代表了事物对立的两个方面，而从对立之中看到统一，就是一种完善的方法论了。在这一点上阴阳理论已经初具后世黑格尔辩证法思想的雏形了。

五行学说则主要可视为一种宇宙论。五行就是五种具有不同属性的元素，通过它们的相生相克，构成了整个宇宙。《尚书·洪范》据研究出自战国时人之手，其五行观念也已比较成熟了。"一曰水、二曰火、三曰木、四曰金、五曰土。水曰润下，火曰炎上，木曰曲直，金曰从革，土曰稼穑"。这句话中，五种元素的名字、顺序和属性都已被明确揭示，代表了一种已经成熟的物质构成理论。

阴阳和五行的合流是在秦汉时期，这种合流的原因有两个：一是时代风气的影响，秦汉是天人感应观念最兴盛的时期；二是为了构造宇宙论的需要。阴阳和五行合流后，我们可以发现一个有趣的事实，就是在体系建构中阴阳理论往往是基础，但在具体应用时，五行学说应用更广泛。

1.八卦

八卦是阴阳理论的一种自然发展。"无极生太极，太极生两仪，两仪生四象，四象生八卦，八卦生六十四卦"，这是八卦理论的基本结构。四象指太阳、太阴、少阴、少阳，八卦分别是乾、坤、震、离、坎、艮、兑、巽。它们代表某种自然现象，乾为天，坤为地，震为雷，巽为风，坎为水，离为火，艮为山，兑为泽。通过比附和推演，乾又可以作为君、宗、门、首、德等；坤又可以作为臣、城邑、田、宅、陆等；震又可为主、坦道、蕃、左；巽又可为女、风俗、床；坎为江河、大川、渊、井、寒泉；离为户、牢狱、灶；艮为石、庙、宫室、穴；兑为妹、右、西等。

在将八卦与五行、方位、季节等进行比附后，八卦体系就成了后世以《太极图》为基础的各类宇宙模型的基础。而从风水学的角度看，八卦与五行和方位的关系是最重要的。八卦成了八个方位，每个方位有了五行的属性后，各方位之间相生相克的关系也就得以建立（这是一种理解方式，不代表实际的学说发展秩序），由此就可以发展出一个互相影响的"风水场"。后来的八宅派风水和罗盘等都是以八卦理论为基础建立起来的。风水学中，空间的概念显然是最为重要的，也正是由于这个原因，八卦成了风水学中最基础的理论。

1

根据典籍记载，八卦乃伏羲仰观俯察天地之后所得之象，有此象之后，人乃取之以制器，所以象在人为的各种器之先，却在天地山川树木等器之后。此为八卦得以成为后世如中医、风水、武术等等学科之基础的理论渊源。以五行和八卦为代表的象数之学，类似于古希腊的毕达哥拉斯学派的理论，既有科学的一面，亦有神秘和迷信的一面；其在学术史上的贡献亦因此而有失有得，但其在早期的确对科学的发展起到了很好的促进作用，例如汉朝的中医学和天文学的巨大发展就与象数之学有很密切的关系。

卦	五行	方位（先天八卦）	方位（后天八卦）	数字	季节
乾	大金	南	西北	6	深秋
坤	大地	北	西南	2	晚夏
震	木	东北	东	3	春
坎	水	西	北	1	隆冬
艮	小地	西北	东北	8	早春
巽	小木	西南	东南	4	早夏
离	火	东	南	9	夏
兑	小金	东南	西	7	秋

2．风水罗盘

指南针是四大发明之一，其主要功能是用来测试方向和确定方位。风水罗盘可以视为是指南针的一种，其与一般指南针和罗盘的区别是将方位与五行、八卦、节气、天干、地支等等挂上了钩，从而成为了一种测试风水的工具。《罗经解定》序言说："罗经者，以其收罗天地之蕴，上拨星辰之躔度下察山水之峙流，以形应气，以教合理，无不森罗密布。而阴阳两宅由是叶吉，如制丝者之有经方能制锦而成章也，故曰罗经。"

(1) 罗盘实物

罗盘，由天盘和地盘组成。天盘呈圆形，盘底略凸，置于地盘的凹圆上可以旋转。天盘中间装有一根指南针，或称"磁针"、"金针"，指南方，风水先生将这一根指南针称为"正针"。正针的实际指向不是正南，而是稍微偏东一些，这叫"磁偏角"，是因为地球上的磁极不是正好就在南北极的缘故。为了测定正南又设立了一根缝针，正针和缝针之间就形成了"磁偏角"。

地盘为正方形，又称为"托盘"。地盘上有十字形的两条线，中间凿有一个凹圆，以便放置天盘。天盘与地盘，一圆一方，寓意"天圆地方"。

古代罗盘一定要用木料制成，可以避免阴阳相克和磁性带来的误差。

(2) 二十四方或二十四山

在这里，大家所了解的也许是罗盘上最重要的一个圈，这个圈有24个部分，通常称之为二十四方或二十四山。事实上，这个圈非常重要，它在三合罗盘(三合罗盘是3种最主要的罗盘中的一种)上出现不下3次。

很容易让人糊涂的是，这个圈上有三种不同的符号：八卦、天干和地支。那八卦、十天干和十二地支是如何构成二十四山的呢？

首先，西南、西北、东北和东南由八卦中的四卦来代表，这四卦是坤、乾、艮和巽。下一步来排地支。先在每个正向上放一个地支，然后隔一格放一个，直至12个全部放进去。罗盘是测量地气用的，因此，可以想象十二地支应该全部用进来。最后，再把十天干中的8个放进剩下的空格里，这样就得到前面所说的二十四山图。

◆二十四山，每山占15度。为什么呢？因为整个圆是360度，1／24就是15度。

(3) 罗盘的使用

用罗盘来测定一个建筑物的风水，首先要定中线，风水上称为"子午线"，人应该站在建筑物的中心下罗盘，如果在门口的中心下罗盘要拉线通过建筑平面中心十字线，与罗盘天心十字线相吻合，十字线的线向与建筑物墙体平行，这样当转动闪盘时通过十字线或天心十道，就可以知道建筑物的坐向如何。

第二要定方位，定方位是为了把建筑物平面划分为八个方位，按八宅法，叫"八宫放射线"。按八卦方位可推知建筑物的八宫位置或察看大门在何方位上，并以建筑物的坐向宫卦来研究建筑物八宫的吉凶。

右图是一个非常精确的罗盘，包含了所有方位的标记和符号。它指出了在风水上所有吉兆和凶兆的方位、每个方位能量的流动以及设计房子和建筑物内部和外部的方位选择。

POINTS FOR BUILDING A FORTUNE OFFICE

『旺财』办公室的选择要诀

就是我们所要说的风水环境。

办公室是生财的重地，想要财运兴旺、生意兴隆，就得找个好环境、好风水。环境对人的灵动是无时无刻的，营造好风水就是创造生财的利器，让人产生好的影响，进而好运连连来，达到企业的目标。

一个企业成败与否，一般取决于三方面：天时、地利、人和。对于一个公司来说，天时就是政治环境、经济环境，也就是我们平时所说的投资环境、大环境；人和就是战略规划、经营管理以及企业文化等等因素。那么地利是什么呢？这

Select the Correct Location for Office

一、旺财办公室的选址要点

传统上中国人做事讲求"天时、地利、人和"。其中天时主控在天，人和要各人自己来创造，惟有地利是我们可以选择的，这个地利也就是风水。更确切地说，由于风水是一个环境地点的现实状况，属于无法由我们决定或轻易改变的外在因素，因此事前的审慎选择就显得非常重要。

1. 环境风水关系企业兴旺

俗语云："风生水起鸿运来"。风是什么？风是地面的气象之风，天上的太阳之风、宇宙之风。水是什么？是江河之水，是溪涧之水，是湖泊之水，这是实水；道路、植物、森林、阴湿之水，这是虚水。风为送气之媒，水是纳气之本。风水讲的就是乘得生气，生气是什么？是一种能量，是一种精微物质，是一种灵子流，人得之则发福发贵，失之则破败遭殃。如何寻觅生气，可用奇门、六壬、六爻、四柱；如何收得生气，可用环境、空间。

一个公司的兴衰成败取决于经营管理，取决于战略管理，取决于企业文化理念，取决于政治环境，取决于投资环境，但还有非常重要的一点就是取决于企业的环境风水。

2. 办公选址要点须知

了解了办公室选址的风水意义后，选择一个当运旺地是办公室选址的首选。那么如何才能选择一个当运旺地呢？以下几点要求您得注意。

(1) 选个当运旺地

一个当旺兴盛的房屋对经营者会有积极向上的影响力量，会有助于企业的经营发展。如何选择当运旺地最简单的方法，就是在租赁或购置旧房子作为开店或经营商业用途时，先打探了解该房舍以前

1

Workspace fengshui 办公室风水

是做哪一种行业及经营状况如何等，并以此作为判断参考。

(2) 地势宜前低后高

选择办公室时，以前低后高为佳，这代表步步高升之意。如建筑物前有空地，则视野就会开阔，市场才能顺利拓展。另外，左右建筑最好是对称的，这样有利于稳定员工情绪，促进良好沟通，从而有利于事业的发展。

(3) 门前不宜车流太杂

大楼门前如果有很多车道，则容易分散注意力，日子一久就容易让人感到疲劳，工作效率自然就会降低。

(4) 弯环内侧聚财气

办公室前的马路状况最好是九曲之地，呈弯抱状。什么是"九曲"呢？意即整条路走下来是弯弯曲曲的，正所谓"车如流水马如龙"。这条路就像水流一样有转折，但很顺畅。如果在这样的路段做生意，较容易兴利旺旺。至于弯抱状就是向内的半弧形，有利于聚财。马路又称水龙，两条水龙交会的点，俗称"三角

窗"，车子行经必定会停，人潮来往，自然有利于聚财。但是有一点要注意，就是面临的马路不能太宽。如果太宽就会造成"水流太快"，无法让人潮聚集起来，反而会导致流失。

(5) 远离高架路

都市中道路空间有限，以致建筑物容易和高架桥比邻而立。两旁的建筑物因车来车往，气动频繁，旺气无法聚集。化解的最好办法是将煞方做点改变，如摆放鱼缸、植物，或建造水池，或咨询专业地理勘察人员等。

办公地址应远离高架桥。

Important Points for Office Circumstance Selection

二、旺财办公室的环境选择要点

与住宅一样，办公室所处的大环境也要选择"吉地"。但是，因为城市环境复杂，尤其是繁华地段，很难有大的选择空间，加上如今的写字楼多以玻璃幕墙作装饰，所以，我们认为办公室对周边的环境可以相对降低要求。

虽然如此，但仍有一些问题是必须注意的：

1. 周边建筑影响吉凶

现代都市里高楼大厦比比皆是，形成壮观的楼群。仔细观察一下大楼周围的楼群，也是很有必要的。放眼望去，有许多大厦面临大街，门前车来人往，在选购或租用这样的大厦时，可依据大厦的前后坐实来判断大厦的吉凶好坏。

(1) 选大厦宜背后有山，是为有靠山。

办公室有靠，有不少好处：

■公司发展有依托，容易在业内形成影响力。

■同行容易接受自己的意见。

■容易得到业内领导企业的支持。

(2) 大厦背后有山，当然属于坐实，如果大厦后方没山，便从以下几点着手观察：

■大厦后方，若有一座楼宇是比本身高大广阔的，便属于坐后有靠了，亦属于坐实的格局。

■大厦后方，有几座楼宇高度与本身大厦相同，因为几座楼宇群集在一起，力量亦汇集起来，足够支撑本大厦，亦属于坐后有靠的格局，即是坐实。

■大厦后方，有一座小山丘，但高度却很低，本大厦比它高出了很多。本身属于靠山无力之格，但由于此山是天然的，所以亦可以作为靠山，因为

天然的环境，对风水影响力很大。这座大厦亦属于坐后有靠，亦是坐实之格。

■大厦后方虽然有楼宇，但比原大厦矮了一大截，则属于靠山无力之格了。

(3) 最理想的大厦，是在大厦的左方和右方都有大楼，但这些大楼，要矮过大厦背后的大楼，小过大厦背后的大楼，否则仍未是理想的风水。

大厦之左方称青龙方，右方称白虎方。在风水学上，龙强过虎有以下四类：

■龙昂虎伏——大厦左方的楼宇较高，而右方之楼宇较低。

■龙长虎短——大厦左方的楼宇较为长阔，右方的楼宇较为短窄。

■龙近虎远——大厦左方的楼宇较为接近自己，而右方的楼宇距离较远。

■龙盛虎衰——大厦左方的楼宇特别多，而右方的楼宇却特别少。

(4) 避开异形建筑

我们常看见一些顶尖纯办公双塔钢骨建筑。这种建物本身已带有一种逼人之气势，可带给大楼内的公司好的商机，因它具有好的气场，建筑有好的外观。但如果大楼之建筑呈双塔形的格局，两塔之间有夹缝，此一夹缝正是风水学里的"天斩煞"。

天斩煞的空间会有很强的导气作用，对它本身建筑没有关系，但对周围的建筑就有很大的问题了。假如它的夹缝位置正位于你的房间正前方，那

请务必小心。总而言之，我们居住的房子的前后左右，尽量避免前方有空缺的气场或冲射的特殊物体，如路冲、电线杆、墙角之冲煞，以免对居住者不利，这就是气场的混浊现象所带来的不良影响。

2. 避免选择临近阴性场所的地段

办公室所在的写字楼尽量避免在夜总会等娱乐场所附近，这类场所以夜间营业为主，阴气较重，不利于气场的营造。再说，在这类场所附近，易使员工精力分散工作效率低下，不利于效益的创造。

3. 不宜靠近强辐射源

写字楼不可设在变电站或高压电塔房。当然，办公室也不宜靠近大厦的机房附近。（图2）

4. 远离各类污染源

写字楼不可设在垃圾焚化场、烟囱等附近。现在的写字楼多采用中央空调系统，往往造成新风量不足的情况，而设在这些场所附近的写字楼更难达到通风换气上的要求。

当然，这些场所也应该尽量规划在偏僻地段。

办公大厦宜背后有靠。

1

Shape of Office Building Affects Fortune

三、办公楼外形对财气的影响

办公楼的选择是第一步。要选择一个能够使公司的营业状况一帆风顺、事业飞黄腾达的办公室，就必须以大楼的外形作优先考虑，因为大楼外在的形体可能会影响内部人员的心态。

1. 办公大楼外形影响风水

一般来说，办公大楼的外形，最好以方正形体格局为宜，最忌讳为L形的整体设计，U形办公大楼也不理想，回字型的办公大楼也有很大缺失。（图1）

 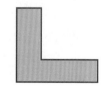

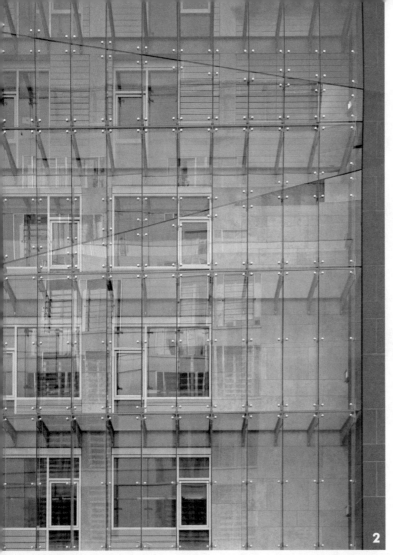

(1) 方正的办公大楼

一个住宅或大楼的办公室，正方形或略长的长方形格局才是真正的吉相外形。(图2)

假如所找的房子，形状不正或有其他缺陷，都是不吉的住宅，我们最好不要去用，否则会有不好的影响。但一个格局方正的房子，用来作办公室或开店的店面，也必须注意到有无宽广的前面明堂(从前面看出去非常广阔)，如果有必能带给公司好的业绩，使店家生意兴隆。

(2) L形的办公大楼

L形的办公大楼有很大的缺角，室内采光会不均衡。假设光从上面投射下来，那实心的L的一边能接受到光，但缺角的部分就没有光源了，故必有所缺失。此大楼的内部人员易受身体疾病的侵袭，也会使得人心不安。(图3)

(3) U形的办公大楼

U形的办公大楼显得整个大楼的后靠薄弱，必会让公司在经营上，出现不顺心、后靠无力、贵人不明、事业不易伸展的现象。（图4）

(4) 回字形的办公大楼

回字形的办公大楼容易出现老板心性不定、股东不和的现象，主要是因为回字形的建筑物在整栋大楼的中间部分完全透空，虽能加强整个大楼的采光，但是一栋房子如同人的整个身体，大楼建筑中心留着大天井如同人心脏无力，故公司设置在这种大楼里必定有业务推广不易、股东内乱的情形。

在现在的办公大楼中，回字型的大楼非常多，但气势旺的不多，主要是不懂得补救，故会让内部的公司运作欲振乏力。若整个大楼为单一公司的总办公室，必会股东内斗，营私之心较强，若改善得宜，能使整体业务拓展相对顺畅。

2. 化解缺位户型

风水学上认为：户型的南北两方皆有缺角或凹入，久住其间，官司不断，灾病连连；户型的东西两方皆有缺角或凹入，虽无大祸，但一生庸碌平凡，有志难伸，难有大成就。所以这两类房屋不宜选择。

其实，有些户型并非是问题户型，只是缺位。户型缺位是一种比较常见的问题，因为在土建图中就不可能是一个方城，有凸出部分也有凹进部分实属正常，但是有一些缺位会带来许多不利的影响。如何化解缺位户型的煞气，那就看看以下诸条：

(1) 户型缺中心位

户型因为楼型的原因和建筑设计的影响没了中心位。园林的中心构图，是造园的点睛之笔，如果颐和园没了佛香阁，北海没了白塔，园林就没了灵魂，所以中心不能缺。

(2) 户型缺东北位

户型的东北位置没了，选了这类户型如果能在装修时加以修饰最好，可以用来弥补缺角的遗憾。

(3) 户型缺西北位

此户型与上例差不多，只是没了西北位，那应该在装修时加以改善，因为房屋西北位不宜欠缺。

(4) 户型缺东南位

这类户型在实践中较多，稍有缺憾的不必太在意，但如果东南位完全缺失，就不妙了。解决办法是在东南位适当位置摆放或悬挂龙或蛇的造型或图画，当然要同时考虑对家中其他人没有伤害才行。

(5) 户型缺西南位

在通常情况下西南位缺了也无妨，因为西南方是鬼门方，如果其他条件均已满足，仅缺此一角，可以忽略不计。

(6) 户型缺北位

缺了北位的户型，可在装修时大加改善。

(7) 户型缺南位

户型缺南位部分，实在不宜，解决的方法就是在这一方位摆放或悬挂马形的饰物，下面还要垫一块咖啡色的布，或放一块黄玉亦可。

8

户型缺南位部分，实在不宜，
解决的方法就是在这一方位摆放或悬
挂马形的饰物，下面还要垫一块咖啡
色的布，或放一块黄玉亦可。

9

Main Points for Choosing Outside Wall Color

四、旺财办公楼的外墙色彩选择要点

看过了办公大楼外形格局和室内使用面积的宅形后，我们要看看办公大楼外墙的色系，色系也关系到旺运与否。那色系要如何来选择呢？

■坐北朝南：宜选象牙白色系、暖色系为吉。

■坐南朝北：宜选红色系、绿色系为吉。

■坐东朝西：宜选绿色系、黑色系为吉。

■坐西朝东：宜选黄色系、白色系为吉。

■坐东北朝西南：宜选黄色系、红色系为吉。

■坐西南朝东北：宜选黄色系、红色系，以暖色系为吉。

■坐西北朝东南：宜选白色系、黄色系为吉。

■坐东南朝西北：宜选绿色系、黑色系、白色系，均吉。

1

该栋大楼坐西南朝东北，故选用温暖的橘色作为墙的主色，产生令人积极向上的蓬勃生机。

Taboos for Office Building Door Facing

五、办公楼大门的朝向禁忌

"乘气而行，纳气而足"是用来形容调和天、地、人之间的一种抽象概念。因此，"纳气"是相当重要的一个原则。

我们从两个成语就可以看出大门的重要性了，一是"门庭若市"，二是"门可罗雀"。这两个成语都有"门"这个字，前者表示生意兴隆，后者表示生意萧条。大门是任何建筑物的纳气之口，所以大门的方位最为重要。但如何使大门纳入生旺财气呢？那就要看大门的门位和门向了。

1．大门的位置和朝向选择

一般来说，大门开在一栋房子的正中间，才是正常的。但若以通俗风水来讲，"左青龙，右白虎"，所以大门最好开在左边，也就是人在屋内时向着大门的左方，人在室外时向着大门的右边。

2．大门外的景观影响

大门不可有路冲，即常称的"直路空亡"，即是指大门正对着一条大路，此表示退财。若依气场的角度来看，正对着路的大楼易受气场直冲，无形中使大楼内的人身体衰弱、精神恍惚，影响事业。

大门不可面对岔路，也就是说一出门就看到两岔路冲入门内，这种交叉的气场会影响主人的决策和判断。正常情况应面对横过的路。

大门不可面对死巷，否则气流会受阻，不顺畅，容易聚积浊气，对健康有不良影响，且象征事业上没有出路、没有发展。

大门前不可有臭水沟流过，门口地面也不可有积污水的坑洞。以现代观点而言，大门宛如一个人的颜面，如有污水，既给人肮脏的感觉，又影响形象，自然对财运不利。

大门不要对着附近的烟囱。烟囱是排废气之物，每天进出大门看到废气，心理会不舒服。若是风将废气吹进来，被人吸进体内，会影响身体健康。

大门旁边不可有寺庙、教堂等宗教建筑，因对方属清气，会影响生意。如果办公大门正对其他楼房的大门，但自己的又比对方的小，此属不佳格局，解决方法是在自己的办公大门前架一个帆布雨篷。大门附近不可正对其他房屋的屋角，此亦属不吉。从心理学上而言，一半是墙壁，一半是天空，有被切成两半的不佳感觉；从气场上而言，峡谷一半的气流完全失衡，实在不是好格局。若是遇到大门正对着屋角，最好的改动方法是将大门略为向左边移动；若是大门无法移动，则不妨稍改一下大门的角度，让它偏隔10°～20°。

大门前面不可有高长旗杆，也不可正对电线杆或交通信号灯杆，因为这无形中会影响人们的脑神经及心脏。有的办公大楼在大门口两旁设有两盏灯，这对风水是有帮助的，但是必须找出最佳位置及高度来设置才好。平常要注意夜间灯泡不可熄灭损坏，若不亮就要及时检修，不可只留一盏灯亮着，在风水学上此属不吉。

大门前不可有藤缠树，也不可正对着大树或枯树，不仅会阻挡阳气的进入，也会加重湿气，不利健康和财运，而且雷雨天时易招闪电，所以大门正前方不可有大树。但大门外两旁可以种树，若要种树就一定要保持枝叶茂盛，不可令其枯黄，也不可

有蚁窝，否则对事业大不利。

　　大门前方如有巨石，则会加强阴气而使之进入门内，影响大楼内的人。

　　若大门有冲电线杆、小巷、大树、对面墙角等种种无法改变的环境时，就必须找专人来变更。要配合大门景物及实际状况，适当安挂八卦镜或凹凸面镜等来挡煞气。一般原则上若是要冲消对方之气，宜挂凸面镜；若是要吸纳对方之气，宜挂凹面镜。若是冲上死巷、深谷、近山、河流、岔路，最好是易地为宜。

3. 大门的其他禁忌

　　有些办公大楼为了保持凉爽，常在门墙上种大量爬藤植物，这都是不利的象征，容易发生官司牵连。

　　现在办公大楼的大门，时兴采用大面玻璃，有的是透明玻璃，有的是暗色玻璃。若行业是流通事业，则用透明玻璃较佳，如汽车展示场，具有极佳的广告效果；若是一般办公室，则不可用透明玻璃，最好是贴上汽车玻璃用的反光纸，或换用暗色玻璃，总之，不要让人在外侧看到室内情形。

Choose Floor According to the Character of Shop Keeper

六、根据经营者的五行属性选择办公室楼层

开公司，办企业，都希望财运亨通、日进斗金，因此选择一处风水宝地就显得十分重要。选好了办公大楼的位置，办公室所在的楼层选择也很有讲究，不妨根据经营者的五行所属（每个人的五行属性可通过命卦方法来判断）来选择适宜的楼层。

楼层与五行的关系：

■1楼和6楼属于北方，属水，故楼层逢1、6即属水，如11楼、21楼、31楼等等。

■2楼和7楼属于南方，属火，故楼层逢2、7即属火，如12楼、22楼、32楼等等。

■3楼和8楼属于东方，属木，故楼层逢3、8即属木，如13楼、23楼、33楼等等。

■4楼和9楼属于西方，属金，故楼层逢4、9即属金，如14楼、24楼、34楼等等。

■5楼和10楼属于中央，属土，故楼层逢5、10即属土，如15楼、25楼、35楼等等。

五行的每一元素不是独立存在，而是互相依赖，也是互相制约的，这就是五生相克的道理。

在选择楼层时应该注意的是：楼宇的五行，对居住人之命中五行，有相生或相用的为吉；相反，

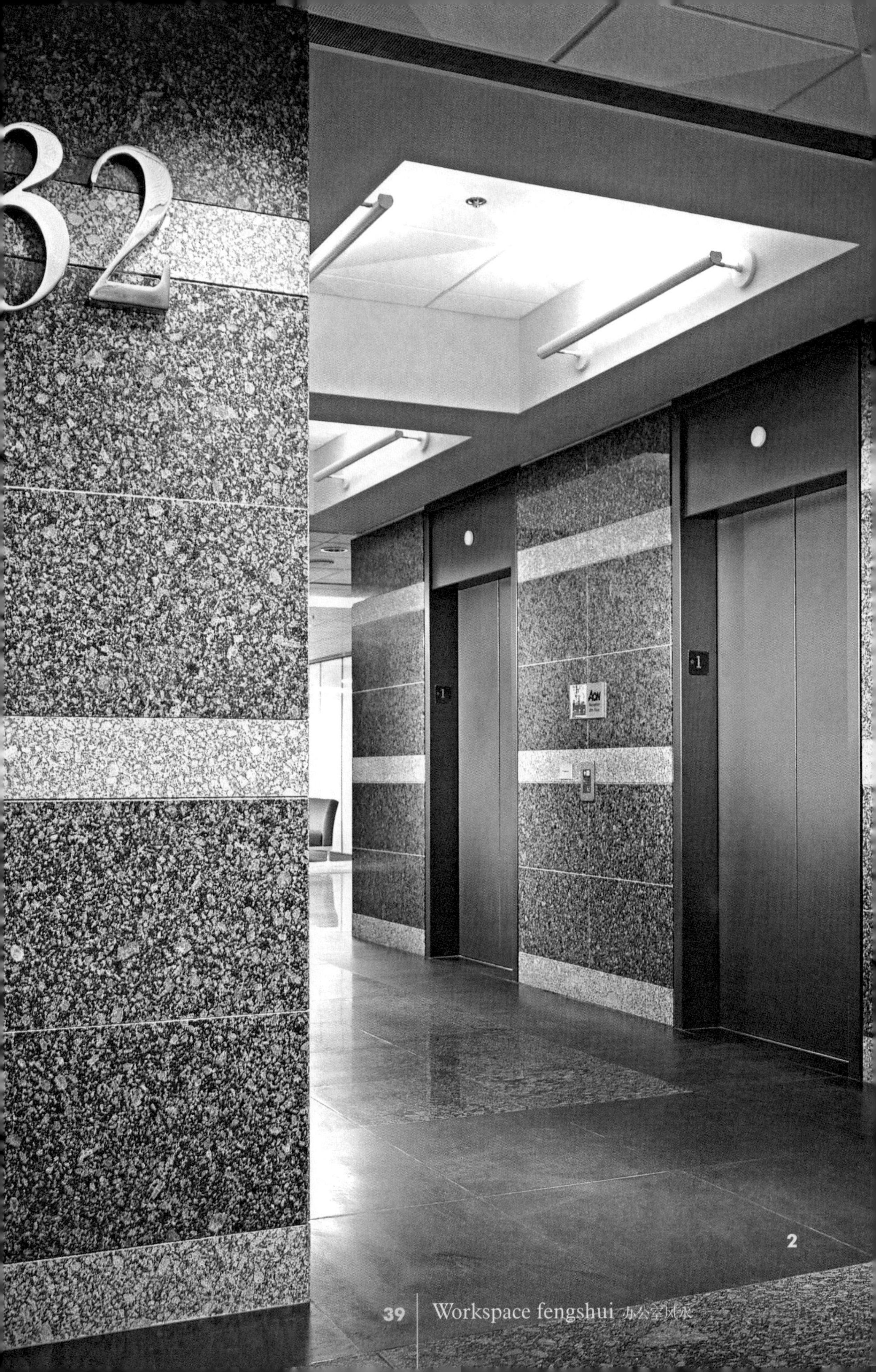

2

有相克作用，则不吉。如果楼宇的层数五行生主命，助主命水，吉；克主命，不吉。而主命五行克层数五行，吉。

例如某人生肖属鼠，五行属水，居住在1楼或6楼，则水可助其主命水，居住在6楼或9楼，则金生其主命水，吉；居住在5楼或10楼，则土克其主命水，不吉；居住在3楼或8楼，则木泄其主命水，不吉；居住在2楼或7楼，则火被主命水克制，吉。

一般来说，空气流通、光线明亮以及给人温暖和舒服感觉的房子基本上就已经算是旺宅，代表住在房子里的人财运不错，事业会蒸蒸日上。如果空气很闷、光线昏暗，给人很不舒服的感觉，基本上这种房子就属于衰的了，越住越倒霉。不过别担心，也有化解的方法：可以加强灯光让室内明亮或者重新油漆、装潢。因为房子住久气会衰，因此重新装潢可以加强房子的运势。另在装潢房子时，地板和墙壁尽量用明亮的颜色，家里有损坏的家具要赶快换新等，就可以让气运重新旺起来。

2

3

布局

兴旺办公室的规划要领

选择一个环境风水好的办公室后，接下来就要进行办公室布局了。任何事情都有主次轻重之分，办公室风水的布局也不例外。办公室的风水布局与家居不同，应体现主人的权威性。企业的文化、应利于决策的贯彻执行与占据商业谈判的有利之势。本章将从门厅、前台、办公区域、会议室、总经理办公室等基本办公布局方面，归纳一些应遵守的办公室布局风水原则。

Best and Worst Office Type
一、办公室户型选择的最佳与最差

古人说得好：宅以形势为身体，以泉水为血脉，以土地为皮肉，以草木为毛发，以舍屋为衣服，以门户为冠带。如果真能达到这些要求，必是大吉大利的好户型。有的房子让人感觉到神清气爽，如沐春风；而有的房子则给人压抑沉闷、坐立不安的感觉。为什么会这样，这主要是因为房子的户型不同。

1. 办公室户型以方正、协调为最佳

一套住宅也有它的户型，它的形象、外形以及格局，这些先天的因素影响着这套住宅的通风、采光、纳气、排污等等，也进而对住宅主人的生活、事业以及健康等产生影响。

因此，选个好的办公地点，在考察了外围环境之后，接下来要看的就是它的户型，其次才是其他的种种因素。

我们认为，户型是否得当，在大原则上，要让人在知觉、视觉、嗅觉等各项感官以及心理感觉上都能有一个好的体验，通俗地说有好户型的住宅就是要布局合理、清爽宜人、明朗宽敞，居住其间能有如沐春风的感觉。

在户型上，以四隅四正为本。所谓四隅四正，简单来说，是指四方形，其次是长方形。

方正的房子使用率高，摆放家具也非常方便，并且容易满足通风采光等要求，居住其间也会思路明晰、感觉顺畅、心平气和、家庭和睦。

同时，我们也认为，人与屋是有感应的。正所谓人因宅而立，宅因人而存，人宅相通。宅相如人相，一定要方方正正，尤忌三尖八角。

当然，这种说法有无道理还很难确定，这样的理解也不是绝对的，因为对于成年人来说，他的长相的变化不会很大，对人的影响可能更多的是针对气质、神情等。但是有一点可以肯定的是，不方正的房子给人一种局促、不安全的感觉，并且实用率不高，性价比则受影响，也就是说，你买得不值。

虽然如此，现在市场上却仍有很多的开发商为了创造更大的利润，往往会开发出不少带转角的房子，并美其名曰"钻石型"，以迷惑买楼者。

我们建议你尽可能挑选方正的房子，但是也要注意不要购买过于方正而显得呆板的户型。建筑就像音乐和演出一样，有起伏跌宕，有高潮有谢幕，不能平铺直叙、一览无余，所以过于方正而略显呆板的房子是缺乏情趣的房子。

2. 不宜选择的10种最差户型

(1) 锯齿形的户型不宜

户型的一边呈锯齿状，有进有出，很规则或不很规则。这种户型在实践中很多，请注意了，如果碰到这样的户型，最好不要选择，因为从风水理论上来说，这种户型的住宅具有凶煞，不适于人居住。

(2) 菜刀形的户型不宜

户型看上去像一把菜刀，与上面所述的锯齿形户型一样，在风水理论中也认为此宅有凶相，不宜居住。

(3) 枪式的户型不宜

怎么看都像手枪或冲锋枪的户型不宜选。

(4) 太曲折的户型不宜

不宜曲折，不要像迷宫一样。家是平常起居之地，不要搜奇猎艳，家居不是酒吧，不要搞得奇形怪状。

格局方正的房子，使用率高，摆放家具非常方便，而且容易满足通风采光等要求。

（5）走廊形的户型不宜

户型完全是个大通道，不宽，却很长，不利于公司同事之间的交流，不宜选。

（6）一分为二的弧形不宜

走廊切开屋子成两半，该种格局不利于沟通协调，容易导致纠纷，致使居住者心烦意乱，一事无成，而使身体健康以及精神都受到影响。屋中的走廊不可贯穿全屋而将房间分为两半，否则也不利。

（7）T形建筑物不宜

在选择一间好房子时，不可大意，需审视整体环境之气场，环境能导致空气间的风向流动。当你居住在旺宅中，一切顺心，但居住在不吉之宅时，经过短短的时日后就会应验，若要完全排除体内所新陈代谢进来的坏气体，得要经过很长的时间来调养，一定要谨慎。T形主体建筑物的形状如同一条帆船，这种建筑物会让人觉得居住在此环境之人飘荡、凡事不稳。

（8）回字形格不宜

回字形走廊对宅运不利。由于这种房间不利于室内空气循环流通，不能与外界直接交换新鲜空气，就好像与世隔绝一般，让人感到孤立无援，对于信息的获取以及居住空气的质量都没有帮助。

（9）走进"回字形"的房间，会有走投无路的感觉

从心理学的角度理解，这种房间好像是人为地在其周围挖了壕沟，房子成了一个"军事重镇"。住在这里的人会很敏感，长期处于高度紧张的状态，老是觉得有敌人从四周来犯，很难有高枕无忧的时候，其结果不但造成失眠症，还会对人的身心造成极大的影响，使人陷于孤立之中，性情孤僻，不易与他人沟通，致使在工作上孤立无援，经常受到来自四面八方的攻击，做什么事都很难成功。

（10）开天窗不宜

建筑物若为较大的面积，或者三面无法采光，很多的设计师会在住宅的中央设计出采光天窗，这些都是建筑师不懂风水而犯下的大错误。在一个住宅中是绝对不可以在住宅的中央位置设置有采光的天窗的，这就如同一个人的心脏瓣膜有问题，因此会导致居住之人的健康产生障碍，以及事业财运的问题丛生。故建议有此种规划的格局，只要盖掉天井采光就能完全化解。若是三面无法采光，则建议以侧边做细窄的采光天窗为吉，天窗也不可以有过大的规划。

Hall Design Essentials
Relax to Fortune
二、关系旺气得失的门厅设计要领

门是面向接纳旺气的方位，会影响整个办公室的格局，必须仔细考虑。门的方位、摆设、设计都会影响整个办公室的风水场，进而影响财运。

1. 门厅的装修风格

随着国际竞争的加剧，公司门面越来越成为实力的一种表现。但这里所说的表现并非仅仅是指豪华效果，而是指整体感，保留一种完整的风格，是使客户保持一种均衡心态的好办法，这也是设计风格的一种趋势。多数的办公室主人，他们最主要是希望在办公室中给予客户三种感觉：实力、专业、规模。

门厅的装修风格可以予人如下感觉：

■加强公司的实力感。通过设计、用料和规模来把实力加以形象化。

■加强公司的团结感。通过优化平面布局，让各个空间既体现独立的一面，又体现团结的一面。

■加强公司的专业感。这主要可通过大面积的具有现代色彩的材料来体现，例如60cm×60cm的块形天花和地毯，就是具有现代色彩的办公室标识。

■加强公司的文化感。这主要可通过对能体现公司形象的设计元素（如CIS系统下的各种设计元素）的组合运用来体现。

■加强公司的认同感。这包括客户认同感和员工认同感。可通过空间布置、装饰布置来体现。

■加强公司的冲击感。这就是所谓的第一印象，将在未来很长的时间内影响到生意伙伴对一个公司的认可度，进面影响到合作的信任感。可以根据公司的性质，选择不同的设计方法来体现。

2. 改善门厅，接纳旺气

门厅就如人的喉咙一般，为进出这个房子的转气口，亦即送入与送出的重要部位，因此门厅就等于是一个公司的门面，所以必须注重它的气势和气流的转动原理，以利内部的和谐及人心态的转化。

一个大公司就必须拥有豪华的门厅，亦即导气的服务台，小公司则能利

用入口的光线，来吸纳旺气。能有服务台的空间，就必须设立迎客的门面门厅，这就如同伸出双手来拥抱来者，表示一种热忱。进门的旋转门厅若有逼压的现象，表示员工心态有阳奉阴违的情形，好的员工将无法留住，必须改成宽畅明亮的门厅空间。

如果门向不好，会接纳到煞气。最好在门厅处设一个流动的水景或鱼缸，因为水能转化磁场，将衰气转为旺气，对公司整体发展有正面助益。

门在当运旺位，可放置较高的固定式屏风，使门口处形成一个门厅，屏风气口转为旺向，这样便可接纳到旺气。

一般门厅服务台的位置，最好是面对大门，空间够大的话，就在后方设置公司商标或名称，以显贵气。接待前台不宜设在入门侧方，因为侧方无法挡住外来杂气。气场以迂回为吉，直受之气为煞。

公司前台可过滤不必接见的客户，侧置的服务台表现会较弱，因为是直穿入室的关系。如果门厅没有设服务台，最好在门厅位置摆设一个圆形花瓶为吉，以圆形之体来导气而入，就如同一个马达在打水般，必能帮助入口处气场的运行。

可以稍加布置，例如摆放艺术品、盆景、花瓶等，除了可以美化办公室，还能提高工作效率。

5

Collect Layout of Front Table

三、前台布局要得当

1. 前台布局关系企业形象

前台，宜将它设置在象征美丽、光明的南方，并尽量以红色为主色调。当然，现在一般公司往往喜欢根据公司的CIS系统来设计，这就必须在规划CIS系统时就考虑到风水原则。

前台服务区既可以显示企业的实力，又起着商业礼仪、人际交流、形象战略等作用。很多公司对前台的装饰也极为重视，但为什么商业发展的结果却不尽如人意呢？其实，这与前台风水有很大的关系。前台在风水学中属于明当区，也就是聚气纳气之所，是极为重要的方位。布局得当，自然生意兴旺、财源广进；布局不当必然不利于发展，严重更会导致企业破产倒闭。

因此，要结合业主命理、坐向方位、地理环境以及从事行业等来综合布局设计。如果客人进到厅堂能有种说不出的亲切感，这样的布局就是成功的。其中，青龙、白虎、朱雀、玄武四灵布局亦非常重要。同时门口位要生旺前台，更重要的是门口位五行不能冲克业主，还有天花、地面、墙壁、梁柱及门外环境风水等都要布局得当，才是最佳的前台风水布局。

2. 前台设计应切合整体风格

办公室的整体风格可从前台初见端倪，设计前台最重要的是风格的选择，不同风格的前台除设计因素以外，材质的使用影响最大。从细节上来说，最主要的是一些材料在使用上的细腻程度。根据行业不同，面对客户和生意伙伴需要建立的印象不同，一般有以下几种装修风格。

(1)稳重凝练风格。 这种装修风格适合老牌的大型外

前台在风水学中属于明当区，也就是聚气纳气之所，是极为重要的方位，布局得当，自然生意兴旺、财源广进，布局不当必然不利于发展，严重则会导致企业破产倒闭。

2

贸集团公司，目的是让客户和生意伙伴建立信心。从装修特点上来看，较少选择大的色差，造型上比较保守，方方正正，选材考究，强调高贵和尊威气质。

(2) 现代风格。 普遍适用于中小企业。造型流畅，运用大量线条，喜欢用植物装点各个角落。通过光和影的应用效果在较小的空间内制造变化，在线条和光影变幻之间寻找对心灵的冲击。

(3) 新新人类风格。 适用于新兴的电脑资讯业、媒体行业。装修设计不拘一格，大量使用几何图案和新式装修材料作为设计元素，明亮度对比强烈，凸显公司新产品的特征和创新科技的氛围。

(4) 创意风格。 适合艺术、工艺品、品牌公司。造型简洁，用料简单，强调原创的特征，尽量不重复，在造型上具有唯一性。

(5) 简洁风格。 一般适用于小型公司和办事处。简单进行装修和装饰，强调实用性和个性。

　　不管选择哪种风格，必须要全面考虑，不能与办公室的整体风格格格不入，不能简单地从引人注目或是朴实入手，而是要寻求一种整体的和谐美。

Sign Imagine Influents the Fortune of Corporation

四、招牌形象影响企业的兴隆

公司的名字是企业的无形资产。一个好的公司名字会增加公司的利润，一个不雅的名字会使企业衰败。

1. 怎样来为公司起一个好名

■公司的名字要易读易念顺口，要给人们留下深刻的印象，容易被人传诵。

■不要用容易混淆的字。

■不要用生辟疑难的生冷字。

■发音容易，爽朗，不拗口。

■要易听易记使人过目不忘。

■字数不宜多，一般公司企业的名字以2~3个字为最佳，4~5个字还算可以，6个字以上就不适合中国的国情了。

■文字组合要押韵顺口。

■公司企业的名字要与经营的范围有关，能体现自己的产品特征。

■含义要佳，最好有广告功能。

■不要用篡改的成语作公司名。有些人喜欢把汉语中的成语改掉一个字或近音来作公司名，这种公司的名字就给人一种不可信的感觉。

■如果使用外文作招牌，公司名应该有中文名相配合，单单用英文、日文、韩文等作公司企业名易使人们误会和漠视。

2. 招牌的颜色

招牌代表了企业精神和企业的经营项目，招牌一定要醒目，视觉上要稳定耐看，招牌的文字

VIGORBOOM
汇德邦陶瓷
国际品质 领先一步

设计 Design
总是在设计之外

招牌代表了企业精神和企业的经营项目，招牌一定要醒目，视觉上要稳定耐看，招牌的文字应该清晰明朗，颜色要鲜明且必须和谐。

4

5

应该清晰明朗，颜色要鲜明且必须和谐。

招牌的颜色以2~3种为佳，色彩太多反而会使人眼花缭乱摸不着头脑。颜色与方位的搭配如下表：

颜色	方位
白、红、绿	东南、西北
白、绿、黄	南、东
白、红、紫	南、东南
白、绿、红	东南、北
红、黄、紫	南、西北、东北
黄、白、红	西南、西、西北、东北

3. 招牌摆放在旺方

设在写字楼的公司招牌不必太大，招牌的尺寸要平稳。长方形成黄金分割制成的招牌最合适，也有选用圆形或椭圆形的招牌，千万莫用三角形或多边形作招牌。

招牌的字迹要清晰端正，要使人一目了然，最好用正楷，不宜用草楷。中国人喜欢请书法家来题写招牌，也有请名人或首长来写招牌，现代书法家叶选平又是首长，他所写的招牌最合人意，字字工整、苍劲有力、柔中带刚，给人们一种温和而诚信的感觉，企业的知名度更深入人心。

挂在写字楼公司门口墙上的招牌以长88cm、宽81cm为宜。

挂在建筑物外墙的招牌要和周围环境协调，招牌的底色不宜用黑色，因为黑色作底色，任何色彩作字都很难显眼，会模糊不清。

在天台上的空中招牌宜用红色，因为从远处看招牌红字最明显，能起到较满意的效果。

公司的招牌要挂在来龙的承受方，也叫旺方，人和车流大都是从左方向到面前来，左方为青龙方，招牌要设在右方，这样来人在车上或步行而来的人都能看到公司的招牌。实际上招牌在风水上称"财引"，当然要设在收龙气的白虎方了。

Boss Office Should Take up the Lucky Position

五、老板办公室居旺位

老板是一个公司的主人，相对于普通员工来说，他的运势对整个公司更有决定性的意义，同时，老板在办公布局上也更有选择布置的空间。我们在此重点介绍一下老板(董事长、总经理)的办公室布局。

1. 老板须在生财方位

老板是"一家之主"，他的办公室最好占据在有古代被称为有"帝王"之象的西北方，这可以让他有积极进取、开拓创新的雄心！这个方位宜尽量用白、金黄色来装饰，饰物以金属为主，形状用圆或椭圆的为佳。然后我们再来看看他的座向。座向很重要。

要是你从门厅进入一间公司内，首先见到整整齐齐的办公室，就会给你一种祥和的感觉，这样也就代表这间公司内部的人际关系完美。接下来我们来规划董事长室的位置。

因为一个公司的主持者必须坐在旺气生财的位置，才能使这个老板有整体的领导统御能力，才能带给老板较为正确的思绪判断。那要如何来选定使用空间的位置呢？细述如下：

■坐北朝南的房子，必须以正北方及西南方为老板办公室。

1

■坐南朝北的房子，必须以正南方及东北方为老板办公室。

■坐东朝西的房子，必须以正东方及西北方为老板办公室。

■坐西朝东的房子，必须以西北方及东南方或正南方为老板办公室。

■坐东北朝西南的房子，应以西北方及东北方为老板办公室。

■坐西南朝东北的房子，应以正东方及西南方为老板办公室。

■坐西北朝东南的房子，应以正西方及西北方或正北方为老板办公室。

■坐东南朝西北的房子，应以东南方及西南方为老板办公室。

以上所讲的均是每一套房子的财位，只要能善用财位，就可带来好的财气。一般公司里的配置有董事长室、总经理室、主管室，若一套房子内能善用两个以上财位，必定会有很大的成长空间。

但是选好了空间之后，另外要注意董事长或总经理的座位后方是否为窗户，如果为窗户的话建议用隔板封掉，否则就容易犯小人。

还要注意座位左右是否有柱子的角，而且离身边是否很近，若有此种状况，要以盆景或中国结的大彩带隔绝角度磁场的冲射。此种现象若没有化解，大部分人会有腰酸的现象，这是会影响身体健康的磁场，不得不慎。

董事长室或总经理室的隔屏，不可以用夹板全部密封隔断，最好以玻璃来透光，以达到监视的作用。若董事长室或总经理室是密闭的格局，代表无法监视员工工作及整个领导统御方面会有断层现象，常会使公司的每一件事，都是开头老板交代清楚，中间隔绝，一切过程无所知，等到事情的结尾有了问题，老板不得不出来收拾烂摊子。

2.细节安排决定成败

除了要遵循以上的老板办公室布局的基本法则之外，老板办公室还应该注意以下事项：

(1) 办公桌前后讲究不少

老板办公桌前应有一个比较宽阔的空间，按风水说法是一个生气区，可使人的胸襟开阔。一般员工很难有条件做到这点，老板的办公桌就应注意。

座位后要有靠山，最好是一堵坚实的墙，因为墙壁如同山脉一样给人以坚实感，又有所依托。

(2) 办公室面积应大小适宜

老板房间的面积也不宜太大，太大则气不易聚，有孤寡之象，业务会衰退。千万不要以为房间越大越气派。当然太小也不宜，代表业务拓展不易，格局发展有限。一般来说，应该在15～30平方米之间，并且最好设在较高楼层。还要配合老板的生肖选择最佳楼层。

(3) 路线关乎财气汇聚

进入老板办公室的路线应顺畅，我们虽然主张把老板的办公室设在后边，但从门口到房间的动线不可弯弯曲曲。如果有杂物阻碍，或曲径幽深、阴暗，这会使财气不易进入房间，业务困准重重。

(4) 房门也有最佳朝向

老板的房门最好位于座位的左前方，以进门而论，是在右前方，因我们走路大都是靠右边走。

(5) 套间内也要注意

老板办公室往往设有单独的套间，并配有洗手间。这时就要注意，办公桌左右不可对着洗手间的门口，也不宜面对洗手间的墙壁。

3. 物件放置内有玄机

老板办公桌要比员工大，还可以利用高靠背椅来增加安全感。如果不够大，要在旁边安置几个柜子来增加气势，如此一来才能够顺利地指挥员工。

可以把电脑、传真机、打印机、扫描仪等电子设备放在一个漂亮的壁橱里，或者当不使用它们的时候用布罩住，这样房间才显得干净。

为了保持办公室整洁干净，可以购买各色容器、杯子、篮子和盒子安放纸张和文具，不要零散地到处摆放。还要放置一个档案柜，关上档案柜门，办公室就不会显得混乱，看起来比较顺眼。（图5）

还有一种选择是购买有轮子的档案柜，可以在不用的时候把它推到储藏室里。可以在你的办公室里放一些让人感觉富有和成功的物品，如一尊优雅的雕像、一支贵重的钢笔、一盏古老的灯。放一座喷泉在这个"财富中心"也能带来财运，它能让自己的工作感觉更骄傲、更加快乐。

放一幅能给人灵感的漂亮照片在办公桌上，会激发成功和无尽的可能，另外你所爱的人、朋友或者心仪的旅行地的照片也可以放出来。展示一些不同寻常的艺术品；能吸引眼球的纪念品；还有一些收藏品可以让办公室更具个性化，并且会增添情趣。如有老板和政府官员、首长的合影，更增加公司的可信度。

许多老板喜欢坐在电脑前打字、上网、传送文件和图片，或者每天数小时不断输入数字，因此必须考虑电磁辐射导致的头疼和注意力下降。一块电脑辐射防护屏是必备的，还可以放水晶或水晶球来减弱辐射的危害。尽可能离屏幕远一点，并且在不用的时候把电脑关上。建议最好使用笔记本电脑。

办公室角落里放上植物，让它悄无声息地给办公室增添和谐；办公桌上的鲜花会带来鲜艳的色彩和芳香，也可放常青植物，如发财树、金钱树、散尾葵、万年青、巴西铁树等，更增加老板的财气。

5

Pay Attention to the Location of Wealth Position and Finance Office

六、财位与财务室设置是企业关键

一般而言，一个办公室的"财位"是在进门的前方对角线处，此处除了必须保证少人走动之外，还不能是信道，否则不利财运。而财务室则是影响企业财运的关键因素，不仅通常的风水禁忌不能犯，还要结合老板命局来布置。

财运不好或生意不顺、阻滞，除了从经营上找原因外，还可以看看公司的财位及公司财务室方位五行是否相配。公司财位与财务室互助互旺或并临（布置在同一个方位）都是上吉，有助于公司财运及事业发展。

1．财位的摆设

关于财位的摆设，有人认为要摆盆景，也有人认为摆鱼缸较好。财位上放常青植物为好，放鱼缸容易散财。财位上放植物，不可选针叶树种，摆放万年青、铁树、秋海棠、发财树等均可。财位上放盆景一定要天天细心照顾，让它能长久茂盛，一旦叶子枯黄，就要尽快剪除。

办公室内最理想的做法是在财位上放落地式保险柜，里面放贵重金饰、珠宝、存折等，但"财不露白"，必须做些设计，将保险柜加以遮掩装饰，且要注意柜门开向和朝向。

2．财位的禁忌

财位的禁忌有下列三点：

■财位上不可放置会发热的电器产品，如电视、电扇、电炉、瓦斯炉等。

■财位不可胡乱堆置物品，或布满灰尘，不可放人造花和干花。

■财位上方的天花板不可漏水，墙壁、地板油漆不可脱落或瓷砖斑驳。

3．财务室布置要点

就风水而言，财务室风水是老板财运的关键，因此不仅通常的风水禁忌不能犯，还要结合老板命局布置。

1

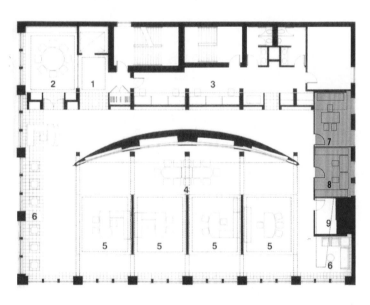

财务室要靠近老板办公室，叫"就手得财"，财务主管的座位不宜靠窗，背后靠窗叫"水落空忙"。而且财务要坐在办公室的财位上，从财务的门口向里看，对角线的位置就是财位。保险柜要在财务室的财位——最靠墙的屋角上。财务的财位上要放"金元宝"或者是生财的吉祥植物。

1.入口 2.会议室
3.销售区 4.会议室
5.精品展示区 6.席位展示区
7.8.财务出纳室 9.食品区

Clever Office Design to Increase Work Efficiency

七、能激发工作效率的员工办公区设计

办公空间室内设计的最大目标就是要为工作人员创造一个舒适、方便、卫生、安全、高效的工作环境,以便更大限度地提高员工的工作效率。这一目标在当前商业竞争日益激烈的情况下显得更加重要,它是办公空间设计的基础,是办公空间设计的首要目标。

一个办公空间通常包容了一系列的行为,其中有个人行为,如阅读、思考、独自休息、等候等;也有群体行为,如会见、谈判、接待、协作等。要使空间充分地发挥作用,就需要为不同性质的行为提供不同性质的空间,使空间的形式根据特定行为的需要而成立。人们在办公空间的行为,归纳起来

主要涉及到两组性质的行为:流动与静止,离心与向心。

一是流动空间与静止空间。流动空间的尺度合理、路径便捷、无障碍、组织有序,是保证机构办公效率的条件之一。在办公空间中,当各项功能分区明确、组织有序时,人们在办公环境中的流动是自然、流畅、目的明确的。流动与静止是相对的。静止空间可以说是流动空间的一个节点,在空间上的动静对比、一张一弛,丰富了空间的变化,增强了空间的节奏,能调节对空间需求的心理平衡。静止空间的设计相对较为复杂,涉及空间界面的设定、空间视觉的独立性、空间布置的稳定性、空间

3

内容的相关性等。

　　二是离心空间与向心空间。空间设计中具有聚合力，能促进交往和交流的空间称为向心空间；不适合相互交往、交流，强调个人空间特性的空间则称为离心空间。对于这两类空间性质的认识，在日常生活中几乎人人都有体会。例如：公共汽车站是过往客人等候乘车而短暂停留的地点，等车的人们往往互不相识，也不需要更多地交流，所以候车座位的排列方式和间距都倾向离心的设计；而走进咖啡馆却通常是相好或相识的人们聚在一起，他们娱乐、交谈、结识新朋友，空间的设计必定要考虑向心的功能。所谓离心与向心是根据空间环境发生的人与人之间的关系来决定的。当人们不期望在某一空间中发生积极的交往时，空间设计应趋向离心的

考虑，以免造成相互的尴尬和被动，如等待区、个人工作空间、资料查阅室等就需要排除他人的干扰；如果需要营造加强交流、鼓励交往的空间环境，空间设计应趋向向心性，如讨论空间、小组协作空间、娱乐空间等都需要积极的交流。从空间处理上来说，空间的闭合程度、稳定和舒适程度等都会影响空间的离心、向心性质，但起决定作用的却是空间布局所造成的人与人之间的位置及距离关系。如最好是文员坐向一致，能起到同心同德的作用，尽量避免相互对坐或交叉坐，以免文员勾心斗角不和睦，大家都向着公司门的方向或向着公司的中心位。

　　因此，办公室空间设计中在考虑人的活动尺度、行为方向、心理距离、环境形式等方面，都应

办公室间室内设计的最大目标就是要为工作人员创造一个舒适、方便、卫生、安全、高效的工作环境，以便最大限度地提高员工的工作效率。

5

6

从人的心理需求出发，既讲究公共化，也注重个性化，营造一种相对独立，但又互相兼容、安静宜人的工作环境，以充分发挥个人的能动性及创造性，从而激发员工的工作热情，为公司创造良好效率。

所有办公空间区域可设计成团队空间和公共空间：

■把办公空间分为多个团队区域，团队可以自行安排将它和别的团队区别开来的公共空间，用于开会、存放资料等，按照成员间的交流与工作需要安排个人空间。（图6）

■一个良好的设计必须要有一种空间的过渡，不能只有过道，还要有环境，要有一个从公共空间过渡到私人空间的过程。如：可以把电梯口部分设计为会客厅或者洽谈室，这同样是实现公共空间和私人空间的一个分隔法。作为公共空间，不仅要有正式的会议室等公共空间，还要有非正式的公共空间，如舒适的茶水间、刻意空出的角落等。非正式的公共空间可以让员工自然地互相碰面，同时也使员工之间的交流得以加强；办公空间要赋予员工以自主权，使其可以自由地装扮个人空间。

Meeting Room Should Enhance the Atmosphere of Cooperation

八、凝聚人气的会议室

1. 会议室的方位选择

会议室通常是一家公司人气最旺的地方。那么该如何规划呢？

一般来讲，会议室也有一个整体的互动关系。很多公司的会议室附带有样品展示的空间，既是会议室，又是样品展示间，所以，从大格局来看，宜把会议室设在公司的前面部分，可以避免喧宾夺主。比如从外面来公司开会的人，不需经过公司内部就能进到会议室，这样公司的运作机密也不会有流失的顾虑；外面的经销商来公司谈判时，也能有个很好的谈判空间。

2. 会议室的设备布置

会议室的基本设施主要是方便与会者，更好地传递公司的信息，是为提高会议的效率服务。因此会议室的基本设施布置也应遵循一些风水原则。

(1) 会议桌的选择

作为大多数客户必到的会议室，不仅要表达整

会议桌的设计，应尽量避免谈判的对峙布局。另外要注意为新的谈判元素预留位置，例如投影幕、音响等。

4

圆形或椭圆形的会议桌，便于达成共识，启发创意和发挥团队精神。

体形象，而且要采用装修策略来减少对抗，为自己和生意伙伴创造愉快、放松的商务洽谈氛围，为商业洽谈成功助力。

这个问题首先涉及到家具的设计问题。值得注意的是会议桌的设计，要尽量避开一种谈判的对峙布局。即便不可避免，亦应尽量予以柔化。另一方面，注意为新的谈判元素预留位置，例如投影幕、音响等等，这些都是提高商业洽谈成功率的辅助因素。

会议桌的选择需要下点功夫。一般来说，圆形或者椭圆形的会议桌便于达成共识，启发创意和发挥团队精神。

因为圆桌可以让团队成员之间无障碍地交流，有利于营造平等、向心的交流氛围；正方形会议桌也基本具备这种感受。而长方形会议桌、船形会议桌却比较适合区分与会者身份和显示与会者地位的会议。当矩形会议桌的纵向尺度过大，会影响与会者相互的

9

视线交流，而船形会议桌更有利于与会者视线的传递。设计中应根据空间的大小、形状合理安排会议桌的造型、尺寸及座位容量。

在会议室的空间布局中，还应该考虑会议桌及座位以外四周的流通空间。根据人体工程学原理，从会议桌边缘到墙面或其他障碍物之间的最小距离应为1.2～2cm。该尺度是与会者进入座位就坐和离开座位通行的必备流通空间。

除了选好会议桌之外，不妨在会议室的角落里放上植物来保持员工和潜在客户之间的和谐；打开窗子让新鲜空气和阳光进来；在墙上挂上能启发人的艺术品以及公司取得的成就和相关目标的图表，营造出一个积极向上的氛围。

(2) 音响

音响系统是大多数会议室内所有视听设备的一

种。音响必须保证声音逼真，所有与会者能听清楚。麦克风架、音箱台和音箱是会议室最基本的音响设备之一，高质量的扩音系统是办好会议的关键，可以保证演讲者在使用时不出现声音失真或发出尖鸣等现象。当音响设备和放映设备一起使用时，音响和屏幕应放在同一地点。研究表明：当声音和图像来自同一方时，易增加人们的理解程度。

音响必须保证所有观众都能听清楚，要事先检查室内音响系统的质量和可调性。音响系统通常能够将讲话声音传得足够大，但是有时音响会出现问题，应提早解决或预防所有可能发生的问题。将一个大厅分隔成若干小间的通风墙通常不太合适，因为这样不能隔音。另外，要检查室内有无死角。

（3）讲台

讲台即演讲人的讲坛，可以放置文件和材料，并配上适当的照明。比较现代化的讲台有供演讲人调节照明和视听装置的控制器。

会议室应配有桌式、立架式和其他一些配有音响系统的优质讲台。讲台面应足以放置水杯和书写文具如笔、纸、粉笔和镭射笔等。走道要有一定照明，防止演讲者被电缆或其他障碍物绊倒。讲台高度应适中，正面中央一般写有会议的名称，这样在新闻媒介报道尤其是电视转播时便于向社会宣传。

（4）幻灯机

会议室中的幻灯机，除了更换灯泡外，基本不

11

需要其他的维修和服务。备用的灯泡、保险丝和延伸线应齐全。两台幻灯机可同时使用，有时可用幻灯机配录音带播放，放映的节奏应与幻灯节奏一致。

(5) 录像机

录像磁带在培训会议中广泛使用，这是声音图像的一种新结合体。录像机能将演讲稿、事件等录下声音和图像，然后播放，并且可以重复播放。

(6) 多媒体投影仪

多媒体投影仪是一种可与电脑连接，将电脑中的图像等资料直接投影到银幕上的仪器。其特点是：

一方面无需将电脑中的资料制成幻灯、胶片，再使用幻灯机、投影仪放大给会议观众看，从而节约成本，减少中间环节，使用也快捷。

另一方面具有动感，可以通过电脑播放DVD／CD-ROM，通过录像机放映录像带等。电脑中资料需要更改时，可使用电脑直接操作，如书写、画图、制表等，观众可以立即在银幕上看见；对于需要强调的部分可通过在电脑上进行局部的字体放大，提示与会观众。再者，多媒体投影仪体积小、搬运、安装、储藏方便。

但是，如果使用多媒体投影仪则必须要有与之相配的投影银幕和电脑设备。在会议开始前，一定要做好电脑的连接、与银幕的距离调试，保证投影效果清晰、不变形。因投影银幕的大小有限，多媒体投影仪不能使用于大型会议。

Rest Room
Should be Warm
九、员工休息区应温馨宜人

　　如果公司条件允许的话，可以在办公室里留出一块员工休息的地方，如增加几把沙发和咖啡桌，创造一个舒适、轻松、自由的休息环境。

　　休息区的设置也体现了以人为本的企业文化和企业对员工的关怀。员工把公司当做家，公司也要把员工的休息区域布置得舒舒服服，让他们在忙碌的工作之余有个放松心情的地方。

就算空间很有限，也不妨在阳台上搁几把有靠背的舒适椅子，给办公空间留一个透气的位置。

　　休息区要尽量布置得温馨宜人，可以把绚丽的花朵以及相关的专业书籍放在休息区，但不要把休息室的壁橱或者书架装得满满当当，过度利用反而会使房间显得拥挤。有条件的公司还可以专门开辟出一个地方，设计成一个轻松的吧台，作为大家早餐和下午茶的区域，并提供饮品和小点心。

　　需要注意的是，员工休息区要设在相对隐蔽的地方，不要直接面对办公区域，因为休息室的气氛相对来说比较放松，与办公区域严谨的工作状态刚好相反。如果公司规模不大，无员工休息区可以不考虑风水安排。

休息区要尽量布置得温馨宜人，让员工们在忙碌的工作之余能够放松心情。

6 7

Make Toilet Layout in Harmony
十、如何谋取卫生间布局上的平衡

公共卫生空间是私密性要求较高的空间。它所拥有的基本设备有洗脸盆、抽水马桶等，并且在梳妆、卫生器材的贮藏以及洗衣设备的配置上给予一定的考虑。从原则上来讲卫生间是建筑的附设单元，面积往往较小，其采光、通风的质量也常常被忽视，怎么样才能谋取卫生间布局上的平衡是我们急需考虑的问题。

■卫生间不宜开在房子中央。 中国传统的居住哲学认为，卫生间千万不要设在房子的中央。有的开发商不重视户型设计，或为了增加建筑面积，而勉强应付消费者，把卫生间设在房子的中央，其实这种做法是十分不科学的。

卫生间设在住宅的中央，供水和排水可能均要通过其他房间，维修非常困难，而如果排污管道也通过其他房间，那就更加不好了。房子的中心如同人的心脏，至关重要，心脏部位藏污纳垢，还能称作"吉宅"吗？设在房子中央的卫生间，必定有"黑厕"问题，此类卫生间往往通风、采光不好，污秽之气无法排出去，还会影响到其他空间。

■卫生间不宜无窗。 卫生间一定要有窗，最好是阳光充足、空气流通，道理很简单，让浊气更容易排出，保持空气的新鲜。没有窗户，只有排气扇，这对健康肯定是不利的。即使用一些空气清新剂，也只是改变了空气的味道，对空气的质量毫无改善。

■马桶不宜放在卫生间的正中间，而应该靠墙。如果马桶处在卫生间的正中间，会破坏卫生间的整体和谐，还会给生活带来不便。

■公司的卫生间不宜用玻璃门。 卫生间是一个很隐私的地方，如果换成了玻璃门，卫生间的隐秘性就遭到破坏。

如果有可能，尽量在公司大门外面设公用卫生间。如果卫生间设在公司内部，一定要装置大功率的排风扇，及时将每次使用后的秽气顺利排出室外，尽量保持卫生间干燥、干净、没有臭味，使一切不良的气流远离。

Seat Arrangement
and Facility Placement in Office

CHAPTER 4

帝位

办公室座位安排与设施摆放

SEAT ARRANGEMENT AND FACILITY PLACEMENT IN OFFICE

带动人气、招进财气，是一家公司保证业绩蒸蒸日上的重要因素。

只要站在这家公司进门处，从办公桌摆设的动线、方位，办公室成员的座位安排，便可以预知它能否顺利地提升业绩。

Rules and Technique for Seat Arrangement

一、办公座位安排的规则与技巧

1. 办公座位安排的潜规则

在一个公司里，办公桌的摆放应该遵循办公室的潜规则。

一般来说，职位越高的人的座位越向后，而总经理或者老板最好设单独套间，这是一个可以"制人"却不"受制于人"的位

1

2

办公座位周围要保持整洁，良
好的环境可以使四周的气场顺畅，
这样才能有好的财运和事业运。

3

置，是职场中最好的风水。也就是说，可以一眼看
清别人的一举一动，又可保护自己的隐私，这也恰
好符合兵法上"进可攻，退可守"的战略，所以也
多半是老板或主管们青睐的位置。

对于一般的职员而言，尤其是新进公司的员
工，一般会安排在靠近门口的位置，坐在多数同事
的前面。当然这种情况实属无奈，其实在每个人座
位的方圆之内，也可以营造出有利于自己的空间。
首先要保证让身心不受干扰，并能让思维快速集
中、头脑清晰思考。

2. 安排办公座位的20个要点

(1) 座位周围环境要整洁

办公场所和居家一样，都必须有一个整洁的环
境，良好的环境才能让四周的气场顺畅，才能有好
的财运和事业运。所以，如果发现座位四周有堆放
杂物、放置垃圾箱或出入的动线不顺畅时，应该将
环境整理干净，或者在放置垃圾箱的位置摆一些绿
色植物等来转化气场。

(2) 座位上方无压梁

有的人座位头上正好是横梁或低矮的吊顶，这
些东西在风水上叫"横梁压顶"。长期坐在横梁的
下方，会受到下压的气场的干扰，容易造成心神不
宁、头昏、工作上出差错，严重者更有损健康。因

布置座位的时候
要注意—座位上方不
能有横梁压顶。

此，办公桌若刚好在横梁下则要特别注意，若压头
顶则要立即将桌位挪移避开。

　　化解的方法是：风水葫芦有化病、收煞气的作
用，去工艺品店买几根带葫芦的装饰藤缠绕在上
面，既美观又化了横梁压顶的煞气。

(3) 座位不可正对大门

　　大门是一间办公室的进出口，所以气场的对流
最旺盛。除前台外，如果座位正好对着大门，就会
受到气场的影响，思绪会变得紊乱，情绪也会不稳
定。座位正好对着大门者，可以将座位往旁边挪移
一些，若不能移动，则可以在座位前用屏风或资料
柜遮挡。

(4) 座位不宜被电器包围

　　现代科技发达，各种电器电子产品如空调、电
视机、电脑等为生活带来许多便利，但这些电器在
使用的过程中会产生强大的电磁波和场波，这对人
的身体健康和思维都有很大影响，应该尽量避免靠
得太近，更不能被诸如计算机、复印机、传真机和
冷气机等大型电器团团围住。

(5) 座位不宜背门

　　将办公桌与门正对摆设，人背门而坐是办公桌
摆设第一大忌。门是人进入的必经之处，也是办公
室的气口，如果长期背门而坐，身后又时常有人走
动，心理上造成不安全感，长此以往导致思绪混

5

乱，影响决策，不利事业，且容易犯小人是非。

化解方法：调整办公桌的摆放位置，换到不是背门而坐的方位。但对于办公室的小职员来说可能不太容易调整，因为很多办公桌的位置是因工作需要而摆放的，这时就可以选择一张有靠背的椅子，这样不仅背后有靠，而且还能阻断杂气冲击。

(6) 背后要有靠山

办公桌后最好要有墙一类的依靠，因靠山主贵人多，支持力大，行事稳当，后继力足；如座后空虚，则往往会实力不足、心神不定、身体虚弱、贵人不显、人事稳定度不够，甚至严重地影响到在公司的立足空间。座位后面如果不是墙壁，那么应该

尽量配置固定不动的桌子、矮柜作为依靠。（图5）

(7) 座位前方要开阔

办公桌前方要开阔，不可逼压，这样在公司的前途才开阔。如果是面对墙壁，前途也会像被墙壁阻挡一般，运气无法展开。

座位正前方也不宜是主要的动线。如果座位前正好是公司人员进出之路，那么这种来往流动的气场，就会干扰到磁场，让人精神不集中，久了也会感到心浮气躁，做事常出差错。

(8) 座位忌为大镜子照射

现代建筑经常用玻璃幕墙作为外立面，这很容易产生光污染，也是最厉害的光煞，被照射的办公

人员会出现很多不吉之事。如果办公座位被镜子照射，久而久之就会发觉自己经常会患头晕眼花、思维混乱、睡眠不好等毛病，还容易犯血光之灾。

(9) 座位正面不对柱

座位的正面如有柱子，代表在工作上容易出大错，平常也容易患头痛的毛病。

(10) 座位不宜距门太近

如果座位安置在门边，办公效率会较差。办公室内职位越高要离大门越远，普通职员也不宜距大门太近。依照职位高低做相当的调整配置，争取将座位移到后部。

(11) 座位不冲门和路

办公桌冲到门或路，会影响身体健康，容易有意外灾害，对工作及升迁也会有很大的阻碍。办公桌的正、侧面最好不要是走道，因为这样的室内路冲会有不良影响。座位后面也应该无走道，桌后有人走动，会心神不宁，影响工作效率。

(12) 办公桌后不宜靠窗

办公室有窗子，既可以采光、通风，又可以欣赏美景，但办公桌的摆放要考虑到与窗的关系。办公桌的左边宜有窗，这样的摆设既可以一边欣赏美景，一边工作，又可以有充足的光线，利于工作效率的提高。

很多高级办公室有明亮的落地窗，可以俯视群楼，给人一种高高在上的惬意感。有的人喜欢将办公桌与窗平行摆放，将座位设于办公桌与落地窗之间，以窗作为靠山，其实这是错误的。办公桌的后面不宜有窗，因为窗外的光从人背后照射，得到的是背光，背光有碍视力，而且背窗而坐得不到坚实屏障的依托。

化解方法：一是调整办公桌位置；二是选择一张高靠背的座椅；三是在窗口放一个"笔架石"。

(13) 座位不宜在靠人行道的窗边

如果座位窗外是行人走道，不但会纳入来来往往的杂气，还会有行人的脚步声、喧哗声，以及其他的噪音一类的声煞干扰自己的工作。如果需要研究公司的机密事件，自然会担心有闲杂之人窥视，在这种靠近窗口的办公桌上工作自然会安不下心来做事。

化解方法：办公桌要尽量离窗户远一些，同时也可利用窗帘遮住窗口，避免窗外来回晃动的人影影响工作者的思维。

(14) 窗外不能冲角

如果在窗外正好能够看见其他大楼尖锐的墙角向自己冲射过来，这就是所谓的角煞，无形中会受到煞气的干扰，造成能量的流失。

(15) 座位不对切角

座位不可被不对称的走道及座位切到。如果坐

6

在这个地方办公，会比较不顺利，同事之间也容易发生摩擦与误会。

(16) 座位不正对主管

主管象征着权威，员工在面对主管的时候，情绪往往会处在比较紧张的状态，如果长期与主管对桌而坐，一定无法集中精神工作，而且容易与人有口角冲突。

(17) 座位前方无人面对而坐

如座位前方也有人面对面而坐，同样会没有自己的隐私空间，不仅会造成彼此的视觉冲突，还会因分散注意力而影响工作。遇到此种情况，最好的解决办法是两人之间用盆栽或文件隔开。

办公桌后面不宜有窗。窗外的光从背后射入，风水上称为"背光"，不仅有碍视力，也得不到坚实屏障的依托。

7

(18) 出入的动线不宜有阻碍物

座位出入口代表对外的联络信道，来龙要畅通，生气才旺。如果出入线摆设太多大型物品，不仅走路不方便，而且导致工作交接和人际关系不顺利。

(19) 座位不设水龙头

有水流出来的地方，就会影响气场，因为水本身能聚气，也能扰乱磁场。长期坐在水龙头旁边的人，会有神经系统失调或运势反复的现象，最好是避开。

(20) 座位上方宜光线充足

座位上的光线如果太弱，会造成阴气重，久了会让人怠惰消极，容易悲观。

为能简明地找出自己的办公桌吉位，现以十二生肖分类，根据自己的生肖，便可对照找出个人的家居办公桌的座向吉方。

(1) 生肖为鼠

1912年出生宜坐东南向西北

1924年出生宜坐东南向西北

1936年出生宜坐西向东

1948年出生宜坐北向南

1960年出生宜坐东向西

1972年出生宜坐东南向西北

1984年出生宜坐东南向西北

(2) 生肖为牛

1913年出生宜坐南向北

1925年出生宜坐东南向西北

1937年出生宜坐西向东

1949年出生宜坐北向南

1961年出生宜坐东北向西南

1973年出生宜坐南向北

1985年出生宜坐东南向西北

(3) 生肖为虎

1914年出生宜坐东南向西北

1926年出生宜坐西向东

1938年出生宜坐东向西

1950年出生宜坐东南向西北

1962年出生宜坐西向东

1974年出生宜坐东南向西北

1986年出生宜坐西向东

(4) 生肖为兔

1915年出生宜坐东南向西北

1927年出生宜坐西南向东北

1939年出生宜坐北向南

1951年出生宜坐东向西

1963年出生宜坐南向北

1975年出生宜坐东南向西北

1987年出生宜坐西南向西北

(5) 生肖为龙

1916年出生宜坐北向南

1928年出生宜坐北向南

1940年出生宜坐东向西

1952年出生宜坐东南向西北

1964年出生宜坐东向西

1976年出生宜坐北向南

1988年出生宜坐北向南

(6) 生肖为蛇

1917年出生宜坐西向东

1929年出生宜坐北向南

1941年出生宜坐东南向西北

1953年出生宜坐南向北

1965年出生宜坐东南向西北

1977年出生宜坐西向东

1989年出生宜坐北向南

(7) 生肖为马

1918年出生宜坐北向南

1930年出生宜坐东向西

1942年出生宜坐东南向西北

1966年出生宜坐西向东

1978年出生宜坐北向南

1990年出生宜坐东向西

(8) 生肖为羊

1919年出生宜坐北向南

1931年出生宜坐南向北

1943年出生宜坐南向北

1955年出生宜坐东南向西北

1967年出生宜坐西北向东南

1979年出生宜坐北向南

1991年出生宜坐南向北

(9) 生肖为猴

1920年出生宜坐东向西

1932年出生宜东南向西北

1944年出生宜坐东南向西北

1956年出生宜坐西向东

1968年出生宜坐北向南

1980年出生宜坐东向西

1992年出生宜坐东南向西北

(10) 生肖为鸡

1921年出生宜坐东南向西北

1933年出生宜坐南向北

1945年出生宜坐东南向西北

1957年出生宜坐西向东

1969年出生宜坐北向南

1981年出生宜坐东南向西北

1993年出生宜坐南向北

(11) 生肖为狗

1922年出生宜坐南向北

1934年出生宜坐东南向西北

1946年出生宜坐西向东

1958年出生宜坐北向南

1970年出生宜坐东南向西北

1982年出生宜坐南向北

1994年出生宜坐南向北

(12) 生肖为猪

1911年出生宜坐东向西

1923年出生宜坐南向北

1935年出生宜坐东南向西北

1947年出生宜坐西北向东南

1959年出生宜坐北向南

1971年出生宜坐东向西

1983年出生宜坐南向北

1995年出生宜坐东南向西北

Profound Facility Placement in Office

二、办公设施的摆放奥妙

办公桌的最理想摆放方案是：办公桌之后是厚实的墙，左边是窗，透过窗是美丽的自然风景，景色优美，采光良好，通风适宜，这就是最佳的工作环境。在这样的环境里工作，自然才思敏捷，工作热情大，效率高。

1. 办公桌椅的形态奥妙

办公桌往往与一个人的工作环境及工作心态息息相关。一张稳定舒适的桌子会带给你信心，一张小气、混乱的桌子则会使主人焦虑和缺乏自信。从工作场所的选定到摆设办公桌的位置，再到办公桌与椅子的形态等，都可能内藏玄机。

一般人总以为一张办公桌的样式及摆放的地方，根本就扯不上什么吉凶关系，但是假如细心观察，就不难发现，企业的兴盛成长与办公桌可能真是息息相关。

椭圆形的办公桌是比较可取的，因为它们是圆面的，应尽量避免使用尖锐棱角的矩形办公桌。办公桌上应该有足够的空间安放电脑、电话、文件以及其他个人物品。一张U形的桌子可以让所有的东西都在触手可及的位置，可以提高效率，带来极大的便利。

欧美人都喜欢选择设计较简单的办公桌，东方人的办公桌椅较密合严谨，倘若一个人每天都使用方正的办公桌工作，其处世原则必然刚正不阿。

圆边的办公室，必会让使用者心存圆滑。海湾型的办公桌，必会带动这个人心有冲劲，且凡事有野心、有攻击性。

有边柜的办公桌，必会带动使用者企图心的再升华。有边柜且中空的办公桌，必会让这个使用者安心分层负责，让自己有较舒适的办公空间。

办公桌应尽量避免尖锐棱角，并应该有足够的空间安放电脑、电话、文件以及其他个人物品。尤其是略带弧形或U形的办公桌，东西触手可及，能提高工作效率。

　　每种样式的办公桌，都会影响使用者的情绪心态，再加上椅子位置高低，主客之间也会有其对应玄机。

　　办公室的椅子有很多种，一个企业主管的办公桌椅与其事业的发展绝对有密切关系存在。主管的办公座椅必须有靠背及扶手，绝对不可以用没有靠背及扶手的椅子，否则事业是无法有好的突破的，只有越来越沉沦而已。

　　所以，不要小看一张办公桌及椅子，它是你的气场充电器，所以绝对要去配合事业的发展时间点，方能有成功的机会。

　　总而言之，办公的环境位置关系一个企业的成败，而办公桌的位置则足以影响企业财运及权势。

　　办公桌的周围环境也会直接与使用者关系密切，如身体的健康疾病问题、感情问题、处世的吉凶问题。

　　此外，办公桌的形态也足以影响这个企业的生命力，所以我们必须去关心它、去预防它，用这些玄妙的变化让自己达到企业生命的最高点，招财进宝，事事圆满。

2．办公桌椅的颜色选择

　　因为每个人的命理不同，所以选择办公桌的色

因为东西文化的差异，东方人喜欢密合严谨的办公桌，而欧美人的办公桌设计则较简单。

彩亦不同，一般需要配合自己的五行来选适合自己的办公桌色彩。

　　■属火适合的颜色：红色、紫色

　　■属土适合的颜色：黄色、咖啡色、茶色

　　■属金适合的颜色：白色、金色、银色

　　■属水适合的颜色：黑色、蓝色、灰色

　　■属木适合的颜色：绿色、青色、翠色

6

也就是说，如果命理上属火的人，可以选择枣红色的办公桌，属水的人可以选择深蓝色的办公桌，以此类推。

3．办公桌的摆设宜忌

办公桌摆设的宜忌主要有以下几种情况：

■办公桌品质不宜讲究昂贵、豪华。

■办公桌高度以人坐下后与肘平为佳，颜色应配合室内光线，深浅协调。

■办公桌不可设于梁下，不可面向外面水沟之顺水流，最好逆水而坐。

■办公桌不可侧对冲厕所门，也不可背靠厕所门。

■办公桌不可面向进门直冲；办公桌右边不可靠墙，左边靠墙为利；办公桌座椅不可太小，宜适中；办公桌桌面不可垫白纸。

■会计、财务办公桌背后不可有人常走动。

■办公桌不可斜放。有人为求偏财，把办公桌斜放以求偏财，殊不知"座位不正是非即生"。

■办公桌上青龙方宜高，白虎方宜低，宜静；桌上电话、灯具宜置青龙方为吉。

■主管的办公桌面上应放置致胜成功的对象，不可随意放置不属于自己生肖的东西。如本身属蛇的人，若在桌上放一个属猪的水晶生肖或石雕猪，则对自己的运势不利。在主管的办公桌上，要放置哪些代表成功的小物品呢？文房四宝和代表金、木、水、火、土的都顺畅相生，再放一个属于自己生肖的水晶饰物，上面以红色丝带绑一个小葫芦，也有祝福、求好运的征兆。

7

4．电脑的摆放与健康的关系

(1) 电脑放在哪里比较有顺运

　　电脑本身具有电磁波，对每天与电脑为伍，长时间从事电脑工作的人来说，其影响力不可小觑。电脑族要注意电脑的放置方向，以及如何阻拦电磁波干扰，以免影响到身体健康，这是电脑族不可不知的基本常识。

　　电脑放在哪里比较有顺运呢？电脑要放在当人站在座位前时面对电脑桌的左边，这对经常依靠电脑工作的人而言，是比较理想的方位。按风水方位学来说，就是"龙怕臭，虎怕动"，左方是吉方，放电脑最恰当。

(2) 注意电脑辐射引发的健康问题

　　电脑是好的生财之器，但是每天坐在电脑前面，久而久之，总会出现腰酸背痛等身体问题。有些人对电脑过度依赖，整天面对电脑不说一句话，好像自闭症一般，这绝对不利于身体健康，但有时这又并非个人可以控制，所以，解决的方法是不妨在电脑前放个水晶柱或太极工艺石来化解电脑辐射所带来的健康威胁。

8

生机

兴旺办公室的装饰技巧

DECORATION SKILL TO BUILD A FORTUNE OFFICE

从事脑力工作的人群每天的工作环境大多都在办公室里，无论是管理人员还是商务文员，无论是集团老总还是大公司经理，办公室的环境都会影响到决策的正确、事业的成败和生意的兴衰。因此，利用各种装饰物品营造一个良好的办公室环境，建立一个好的『风水场』，是十分必要的。

Clever Placement of Plants to Make Company Active

一、巧布各色植物，增强办公室活力

　　有了树木，就有了生机之气，就能调节生态。在工作场合摆置植物、盆栽不仅可以调整气的平衡，帮助强化活力，还可减少辐射的危害，让人时刻保持清醒的头脑。所以营造一个良好的办公环境，植物是必不可少的点缀，但其摆设亦有一定讲究，比如摆设方位、光线及大小比例等。放置得当才能让自己工作更开心、顺利，工作运才会提升。

1. 绿化办公室好处多多

　　办公室里有些花草，好处可能出乎很多人的预料。德国科学家的一项研究指出，办公室绿化不仅能提高空气质量、降低污染物和噪音，还有助于缓解职员头疼、紧张等症状。这一研究的目的主要在于通过改善办公环境提高职员的工作效率。

　　科学家得到的数据是：办公室通过适度的绿

(1) 植物在办公室内的绿化作用

■可清除室内有毒气体，可在24小时内吸收87%的有毒气体，堪称良好的"空气清净机"。

■绿化环境能使眼睛得到休息，消除疲劳，预防近视。

■绿化具有隔音、消尘、阻光、降温等功能。

■植物可在潜移默化中解除人的疲劳，舒缓紧张，排除压力，进而心旷神怡。

■调和办公环境，使办公室更人性化。

■可作为办公室品质的指南针。

(2) 能带来吉祥的办公室植物

传统风水学认为，吉祥的植物能够起到保护住宅、呵护人类生命的作用，可称之为住宅的保护神。因此，在办公室种植以下几种植物，被认为会给你带来吉祥：

■棕榈：又名棕树，既有观赏价值，树干又可作为亭柱等，棕毛可入药。它具有生财、护财的作用，大概也是依据它的价值和功能附带而来。

■橘树："橘"与"吉"谐音，象征吉祥，果实色泽金红，充满喜庆。盆栽柑橘是南方人新春时节家庭的重要摆设饰品，而橘叶更有疏肝解郁功能，能为家庭带来欢乐。

■桂树：相传月中有桂树，桂花即木樨，桂枝

化，将室内空气环境质量提高了30%，将噪音和空气污染物降低了15%，职员病假缺勤率从15%降低到了5%。对职员进行的问卷调查表明，他们认为在绿色办公室里办公紧张感比较小，而创造力和活力都提高了（当然，本节所说"绿化"不单指绿色植物，也不指"种树"等绿化行为）。

办公室植物的摆放与
风水细节密切相关，要充
分考虑植物的方位、光线
及比例等因素。

可入药，功能为祛风邪。宋之问词云："桂子月中落，天香云外飘。"桂花象征着高洁，秋季桂花芳香四溢，是天然的空气清新剂。

■灵芝：灵芝性温味甘、益精气、强筋骨，有观赏作用，是长寿之种，自古被视为吉祥物。鹿口或鹤嘴衔灵芝祝寿，是吉祥图的常见题材。

在办公室的财位上，摆放一盆郁郁葱葱、生机盎然的花草，一方面愉悦视觉；更重要的是，盆栽会在这个相对独立的空间，形成一个充满"生气"的场，这个场会蔓延至整个办公空间，相得益彰，从而促进公司的财运态势，无形中为公司添财。

2. 办公室内植物的摆放宜忌

办公室绿化，并不是单摆几盆花那么简单。有些风水细节问题是不能忽视的，比如植物的方位与光线、花的比例等，这些因素都是要考虑清楚的。

(1) 植物摆放中的方位、光线关系

植物是自然界的产物，自然需要阳光(生命三大要素：阳光、空气、水)，但因文明的发展，我们却慢慢远离了自然。为了弥补这一缺憾，我们只好借植物来营造自然的环境。在人为的环境中栽种植物，最难解决的条件是"阳光"，再加上每种植物所需的光线都不一样，因此，了解植物所需光线的强度，就成了栽种植物的关键因素。

另外，因为木行与金行相克，所以应避免将植物放在西南、东北以及中间位置，当然，也要避免放到金行的方位——西方与西北方。

(2) 花草摆放中的色彩配置

上班族一天有1/3以上的时间待在办公室里，调整出对个人最有利的风水格局是很重要的。风水学其实也是心理学的一种，也可以说是灵学的一种。花草有灵，放置花草的地方，自然会有灵气产生，树木长得旺的地方，代表气也旺。办公室内摆放的花草不宜多，绿色可以多一点，约占一半即可，其他的花色如粉红色系占15%、灰色系占15%、黄色系占15%。若比例分配得宜，办公室的人运、财运才可发挥到极致。

(3) 不适合在办公室摆放的植物

室内摆放植物并非多多益善，有些植物是不适宜栽种的。

■兰花的香气会令人过度亢奋而引起失眠。

■紫荆花所散发出来的花粉如与人接触过久，

会诱发哮喘症或使咳嗽症状加重。

■含羞草体内的含羞草碱是一种毒性很强的有机物，人体过多接触后会使毛发脱落。

■月季花散发的浓郁香味，会使一些人产生胸闷不适、憋气与呼吸困难的现象。

■百合花的香味会使人的中枢神经过度兴奋而引起失眠。

■夜来香（包括丁香类）在晚上会散发出大量刺激嗅觉的微粒，闻之过久，会使高血压和和心脏病患者感到头晕目眩、郁闷不适，甚至病情加重。

■夹竹桃可以分泌出一种乳白色液体，接触时间长使人中毒，引起昏昏欲睡、智力下降等症状。

■松柏类花木的芳香气味对人体的肠胃有刺激作用，不仅影响食欲，而且会使孕妇感到心烦意乱、恶心呕吐、头晕目眩。

■洋绣球花（包括五色梅、天竺葵等）所散发的微粒，如与人接触，会使人皮肤过敏而引发瘙痒症。

■郁金香的花朵含有一种毒碱，接触过久，会加快毛发脱落。

■黄杜鹃的花朵含有一种毒素，一旦误食，轻者会引起中毒，重者会引起休克。

(4) 中庭不宜种植大树

很多大厦有较宽的中庭空间，一般会在进门处设置小水池、假山、流泉等，中庭的绿化有一定的讲究。传统风水学认为：如果在中庭中央的位置上种植树木，会形成一个"困"字，会影响人的运势。尤其是种植一些高大树木，更会对人的健康、生活等产生不良影响。

一般而言，在中庭里种植大树的实用价值不高，而不便之处却不少。归纳起来，大致有如下几方面不利因素：

■种植大树，势必会影响采光。高大的树木会遮挡住门窗，阻碍阳光进入室内，以致住宅内阴暗而潮湿，不利于居住者的健康。

■种植大树，还影响良好的通风，阻碍新鲜空气在住宅与庭院之间流通，导致室内湿气和浊气不

叶片宽大厚实的植物，
能为办公室带来好运。

能尽快排除，使得住宅环境变阴湿，不利于健康。

■大树的根生长力强盛，吸水多，容易破坏地基而影响住宅的安全。

■高大的树木容易将树根伸到房子下面，影响房基的牢固。树根在房子下面生长或枯死，会给住房的安全带来潜在的危险。

中庭里不适宜栽种大树，但是不等于说不可以种植其他植物。如果想种树，不如种些成长度有限的小树，以增加环境的美观。

Color Selection in Office Design
二、办公室设计中的色彩选择

职业心理专家认为，颜色与心情的关系非常密切。红色会让人激动，蓝色则让人平静，心情郁闷的人容易从红色当中产生激情，蓝色会使人感到压抑和寂寞。深色可以使人产生收缩感；浅色可以使人产生扩张感，凸显高大。总之办公室要明亮洁净，避免昏暗。

1. 不同性质办公环境要根据需求设置颜色

(1) 根据工作性质选择主色调

职员的工作性质也是设计色彩时需要考虑的因素。要求工作人员细心、踏实工作的办公室，如科研机构，要使用清淡的颜色；需要工作人员思维活跃，经常互相讨论的办公室，如创意策划部门，要使用明亮、鲜艳、跳跃的颜色作为点缀，以刺激工作人员的想象力。

除了以上需要考虑的因素外，另一个因素是选择主色调时应考虑空间的"五行"属性。如从事木材贸易的公司，属性属木，则不宜用红色等"火"系颜色，而适合用蓝色等"水"系颜色。

(2) 根据办公室面积进行色彩设计

老式的办公楼，每间办公室的面积不大，但是房子非常高，容易产生空旷、冷清的感觉；而新式办公楼，办公室面积大，但是房子很矮，很多人集中在一间大屋子里工作，容易感觉拥挤、压抑。要调节建筑本身带来的不舒服感觉，就要善用色彩。

老式办公楼通常都有深棕色的木围墙，深色使人产生收缩感，而且深棕色属于镇抑色，所以墙面宜浅色，而地面一定用深颜色，以避免头重脚轻。

在新式办公楼里，就要选用比较淡雅的浅颜色，因为浅色可以使人产生扩张感，使办公室显得高大。用浅蓝、浅绿做墙面的颜色都不错，但最好不要用米黄色，因为米黄色让人感觉昏昏欲睡。如果有灰尘，还会显得陈旧。

办公空间大小跟"得气"关系很大，过于宽广则不利于聚气，过于狭窄又不利于气的流动。一般而言，浅色有利气的流动，深色

创意策划部门，要选
用明亮鲜艳的色彩以激发
想象力和创造力

则有利于聚气（不同颜色的涂料本身就有不同的风水属性），因而，根据不同的"得气"目标，可选择不同颜色作为不同办公室的主色调。当然，必须注意办公室拥挤与否，不是看绝对面积，而主要应考虑人员密度。

(3) 根据采光程度进行色彩设计

阳光充足的办公室让人心情愉快，而有些办公室背阴，甚至还没有窗户，进入里面会让人觉得很冷，所以这样的办公室最好不要用冷色调，砖红、印度红、橘红等颜色都能让人觉得温暖。而且墙壁一定不要使用反光能力强的颜色，否则会使员工因光线刺激导致眼疲劳，没有精神，无形中降低了工作效率。

从本质上说，气也具有能量的属性，很多情况下，采光充足自然意味着能量足，从"得气"的角度而言，改善气也就是改善"气"的得失。

要调节建筑本身带来的不
舒服感觉，必须善用色彩。

(4) 根据办公人员的阶层来进行色彩设计

一个单位的办公室所使用的色彩不仅要整体一致，还要考虑通过局部色彩的差异来区分员工等级的不同。比如，某公司的普通员工的办公桌为浅灰色，座椅为暗红色，既是整个冷色调中活泼的点缀，又可以使领导一目了然地看到

5

6

办公室的天花也对风水的
好坏有一定的影响，必须根据
企业职能来定颜色。

8　9

哪个员工不在座位上；如果中层管理人员和高层管理人员的办公桌用木纹棕色，那么中层管理人员的座椅可设为蓝灰色，而高层管理人员的座椅为黑色，显示出庄重和权威。

不同阶层的员工，根据阴阳理论，其阴阳属性也是不同的，比如老板相对员工，老板为阳，员工为阴。而阴阳理论强调阴阳之间的对立和转化，在选择办公室的颜色时就可根据不同目的，有意促进员工与老板间的对立或转化。例如当需要树立老板权威时应强调对立，需要改善老板或员工的对立关系时，则要强调其转化关系。这与企业文化也有关系，例如欧美企业一般强调平等，所以很多老板没有专用办公室，其办公桌椅自然与员工完全相同，颜色更完全一致。这是强调转化关系的一个特例。

2．办公室天花板、地板、墙壁的色彩

(1) 天花板的色彩

俗说话，"昏天黑地寸草不生"，无论家庭和公司、工厂的天花板千万莫用黑色和灰暗的色彩，应该用明亮洁净的色彩，也可以用天蓝色略加白色云彩绘成自然式天空，象征"海阔天空任鸟飞"，如大鹏长空搏击，壮志冲云霄。

可是有些是做偏财生意的反而要用黑色来作天花板，如酒吧、舞厅、桑拿沐足、游戏室、夜总会等等，其含义不宜明言。

还有一些带有公正性的政府部门可用黑色作天花板，如法院、法庭，黑色表示严肃、公正、清廉。

(2) 地板的色彩

最好是用白色、淡黄色、青色、浅棕色，不要用黑色和大红色，因为颜色也有五行的：

白色代表"金"

绿色、青色代表"木"

黄色代表"土"

红色代表"火"

黑色、深蓝色代表"水"

龙气的行走喜欢明亮，地板或地毯当然要用明亮的颜色，财运才会旺，龙气生气也足。

(3) 墙壁的色彩以白色为佳

一般的公司主色还是白色好，一是白色大方明亮又纯清，二是白色又代表"金"，金色在我们周边环抱，龙气自然兴旺。如果用灰色、暗色，生气就会减少，不利公司的财运。

但也要据公司经营的行业，例如公司经营的是绿色保健品，就要以绿色或青色来装潢，能给人一种回归自然的感觉；如果是美容纤体的公司，就可以搭配一些柔和的玫瑰色，会给人们带来一种温馨甜美的意境。

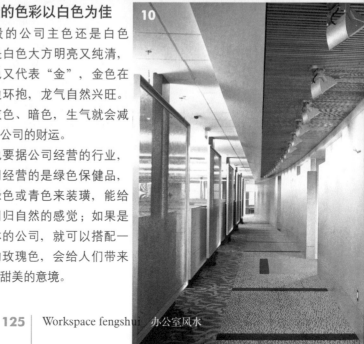

办公室的采光应结合自然光和人工照明。光线充足、明亮宜人的办公室能够充分调动员工的工作情绪。

Fengshui Suggestions in Office Lighting and Airiness

三、办公室采光、通风中的风水宜忌

1.采光关系全体事业成败

办公室的光线明暗度，与全体成员的事业成败有很大的关系。办公室不宜阴暗不明、欠缺采光，宜采光充足，明亮宜人，如此业绩方能蒸蒸日上，赏罚分明，员工们各尽所长，负责尽心；反之，幽暗阴霾的办公室，则往往带来阻碍与不顺、小人当道、失职怠忽、员工士气低落。采光越接近自然，越容易调动人体基因，使其调整成最佳状态。

(1) 办公室的照明设计

办公室的照明灯具宜采用荧光灯。视觉作业的邻近表面以及房间内的装饰表现宜采用无光泽的装饰材料。

办公室的一般照明宜设计在工作区的两侧，采用荧光灯时宜使用灯具纵轴与水平视线平行，不宜将灯具布置在工作位置的正前方。在难以确定工作位置时，可选用发光面积大、亮度低的双向蝙蝠翼式的配光灯具。

办公室照明要考虑写字台的照明度、会客空间的照明度及必要的电气设备。会议室照明要以会议桌上方的照明为主要照明，使人产生集中感觉，还可以在周围加设辅助照明。另外，会议为主的礼堂舞台区照明可采

办公室应该讲究灯光的局部照明效果，灯具的选择要充分考虑亮度、外形、色彩和特性，以适应工作环境。

用顶灯配以台前安装的辅助照明。

在有计算机端设备的办公用房，应避免在屏幕上出现人和杂物（如灯具、家具、窗等）的映像。

(2) 办公室的灯具配置

办公室是工作的场所，应讲究灯光的局部照明效果，灯具的选择不仅应充分考虑到亮度，而且应考虑到外形的色彩和特性，以适合于平静、雅致、高效的工作环境。一般工作和学习的照明可采用局部照明的灯具，以功率较大的白炽灯为好，而且位置不一定在中央，具体位置可根据室内的具体情况来确定。灯具的造型、格调也不宜过分华丽，以典雅隽秀为好，这样就可以创造出一个供人们阅读、工作时所需要的安静的环境了。

(3) 办公室的光源要求

办公室充足的照明可增进效率。办公室的灯光分两部分，一是对整个办公室的照明，另一个是办公区及办公桌台面的照明。前者用可调式的吸顶灯照明，后者可在办公桌上方装设集中式光源，使用更为方便、安全，这样会大大提高工作效率。

■光源宜从左后上方照射过来

眼睛健康依赖光源，因此光源最好是从工作者左后上方照射过来。而座位不可对着窗，这是因为整日对着光线强烈的日光，对视力会有不良影响。

■头顶不可有大吊灯

头顶上方最好不要有灯，更不可以有大型吊灯。这样一则会在桌面上产生反光，对眼睛不利；二则万一装修不牢掉下来，会砸到灯下的人。平常头上有灯，也会在潜意识中产生危机感，导致心神不宁、精神恍惚。若光线不足，可在桌上加台灯。

大楼天花板习惯用吸音板间隔装设内嵌式日光灯，尤其是开放式大楼办公室，通常可以看到成排的天花板日光灯，因此一定会有人坐在日光灯下，这实在不宜。

■防止反光煞

我们知道办公室的风水的优劣主要是由地理环境、采光、通风等因素构成的，因此办公楼防止反光煞非常重要。过去的反光多是建筑外的池塘、河流造成的，当晃动的光影映在室内时，就形成了反光煞。反光煞会给人带来灾难，这是为什么呢？如果是河水的反光入室，则会产生晃动的波影，在室内的天花板上形成这种晃动的光影，必然会使人的精神不够集中，甚至会使人不自觉地产生一种紧张的情绪。

现在都市中有许多建筑采用玻璃幕墙，从而会对近邻的建筑形成反光。这种玻璃幕墙的反光十分强烈，射进室内的光线非常刺目，这种强烈的光线不但易破坏室内原有的良好气场，还会使人产生烦躁冲动的情绪。

若是办公室有强烈的反光进入，可使用厚窗帘挡住，也可以用绿色盆景置于窗台，这样既美化了室内环境又化去了反光煞，一举两得。还可以用一排鱼缸之类的东西，挡一挡冲煞，进而带动出风生水起的好运兆。

若是一般的办公楼，则不可用透明玻璃，应换上暗色玻璃，或装上百叶窗。总之，不要让人在外面看到室内的情形。

5

2．良好通风有利办公室"气流"通畅

除了采光以外，办公室还应尽可能创造条件保障适度的通风，因为良好的通风可以帮助保持办公室的整洁舒畅。

办公室一般安装了中央空调，往往自己不能开窗换气，事实上，人在换气量不够的办公室里工作，往往头昏脑胀，很难有好的工作状态，而升迁发财则更不要奢谈。

从风水的角度来看，办公室不宜通路闭塞、阻碍重重。办公室的通路正如同人的血脉一般，宜通畅无碍。因此，在尽可能创造条件，保障适度的通风之外，还要注意保持办公室的整洁舒畅。

如将一些不该摆进办公室的东西塞得水泄不通，阻碍了整个通道，如此往往为员工带来运势窘困、财源阻塞、沟通不良、行事费力而无绩效等种种毛病，严重影响事业的发展。

也可以摆设一些植物，调节室内空气的小环境，但要注意最好是木本阔叶植物，不要种植藤蔓类植物，容易引起各类纷争。

Placement Knacks for Four Kinds of Decorations

四、办公室四类饰品的安放诀窍

1. 挂饰悬挂要切合身份

办公室通常都会摆放悬挂一些吉祥物摆饰，一则增加美观，二则改善风水，求得趋吉避凶的好风水。但要注意不可乱摆，因为各种摆饰有其无形的好坏功能，像虎挂饰图就不能随意挂。

有人喜爱附庸风雅而挂国画，这是又好又简单的室内美化方法，但也要符合自己的身份。如一般公教人员可挂颜色淡雅的山水画；企业人士则可挂象征富贵吉祥的牡丹花、荷花；军警则适合挂严肃的书法字画。室内字画不宜挂太多，否则会产生反效果，因为视觉会被各式的画扰乱，意志不易集中。像竞争激烈的外贸业、分销业等，可以在室内摆一座牛角当装饰，以增强竞争力和斗志。

石雕也是不少人喜欢的摆饰，但除了石品店、艺廊、园艺外，实在不可用怪石当做室内摆饰，尤其忌摆来路不明的石头，如钟乳石、古树化石、古墓里挖出来的奇石。

2. 金属制品摆放不要影响健康

现代企业都流行使用铁柜、金属办公桌，并配合电脑、传真机、复印机等多种办公设备，使得室内金属制品很多，其实，这是极不符合健康要求的办公室摆设。因为金属制品易导电及感应磁场，使室内磁场杂乱，容易干扰脑波，导致身体不适，不利决策。因此，办公室使用木质办公桌最好，

办公室若要张贴字画，不宜太多，否则会产生反效果，因为视觉会被各式字画扰乱，注意力不易集中。

老板办公室内最好全部采用木质制品，格调不仅高雅，而且有利健康。

决策者座位附近也不可有大型电器设备，如大冰箱、冷气机等。这些电器产品产生的磁场对人体大有影响。美国科学家在十几年前就发表报告指出，长期生活在高压电线下的孩童，患血癌或白血球症的比例要比一般儿童高。

近年更有科学实验指出，癌细胞易裂变的磁场强度在50～60赫兹的频率环境中，会以5.2倍的速度快速成长。

3. 办公小物件注意"藏"与"露"

(1)办公室的垃圾桶要"藏"好

有句话说得好："小地方大问题"。我们常常会忽略一些小地方，总认为那没什么大不了的。办公室的垃圾桶如果放在显眼的地方，就会有很多人丢东西，久而久之会形成一个污浊之地，这样小浊气就会转化成大浊气。如果大浊气再随着风或冷气散播到整个空间里，影响所及才是大问题。

垃圾桶切记要安放在隐密处，而且不要选用红色和复杂的花色系，最好用柔和的色系，如乳白色、浅蓝色、浅黄色等，黑色亦可。

(2)不宜在办公室出现的小物件

办公室里要招人气、旺财运，有些小物件是不宜出现的，比如化妆品、指甲刀、针线、刮胡刀、袖扣等私人用品，这些与工作无关的小物件要收好，忌讳放在明处。特别注意的碎纸机要放在隐蔽地方，不可放在老板座位边，更不能放在财位上。

办公室装饰物不宜过多过杂,
简洁的四壁配上一两幅民族风情的挂
毯,彰显使用者的雅趣。

4

7

4·摆放旺运吉祥物品讲究多多

留意一下你的桌面，根据情况适当选用一些旺业的吉祥物品，既能美化环境又可给你带来好运。

(1)金鱼和鱼缸

"山主贵，水主财"，鱼缸有很强的催财作用。居家附近若有水塘或泳池、清澈小溪，可营造舒适的气息，若水池在旺位，还可以使室内的运势随之而生。可是，现在不见得每户的外围都能有自然的水塘、泳池或者清澈的河流，所以就得在室内养缸风水鱼。

在办公室养一缸开运的风水鱼，不单有观赏价值，而且还有增运的作用，但要注意养鱼的种类和摆放的位置，并留意鱼缸的形状和养鱼的数目、鱼的颜色。

宜养种类最好是一些比较祥和的品种，例如锦鲤、金鱼、七彩神仙鱼和热带鱼等。这一类鱼儿，可以使房间充满平静的气息，同时

8

又带有吉利兴旺的意味。

同一个鱼缸里养鱼数目建议养七条，但不要把清道夫鱼及其他体积细小的小鱼算进去。当然还要注意鱼缸大小和鱼的种类。现在市面上出售的那种假鱼缸摆设，其风水作用不大。

带有庚气煞气的鱼，如鲨鱼、食人鱼、斗鱼等，最好不养。鱼缸的摆放不要接近电器用品，如电脑、电视机、音响等，要避免放在日光直射场所。鱼缸不宜太大，大小适中即可，目前市面上有许多种类、品位都不错的可供选择。鱼缸形状以采用方形较佳。不宜用高脚杯养鱼，因为头重脚轻难聚财气。

养鱼数字也根据个人属相不同而有所不同：
■鼠、猪：1或6
■虎、兔：3或8
■蛇、马：2或7
■猴、鸡：4或9或5
■龙、狗、牛、羊：5、10、4、9

选择鱼缸形状还有个小窍门，就是要看看鱼缸的"五行"。
■圆形的鱼缸，五行属金，可以生旺水，是吉利之象。
■长方形的鱼缸，五行属木，虽然泄水气，但二者有相生关系，也可用。
■正方形的鱼缸，五行属土，土能克水，出现相克制的力量，故选择鱼缸不宜选择正方形。
■六角形的鱼缸，以六为水数，故五行属水，可以选用。
■三角形或八角形甚至多角形的鱼缸，五行属火，水火驳杂，故不宜用在财位上布局催财。

龙

所以最吉利的形状有长方形及圆形和六角形，希望大家在日后选择鱼缸时，要多加注意。

(2) 龙

龙在中华文化中占据着至高的地位，也是中华文化所特有的文化图腾。它集结着中华几千年文化精髓，具有吉祥、生旺、化煞等作用。摆放时要注意龙宜摆在北方，与水结合，朝向海、河的方向。

貔貅

(3) 貔貅

辟邪怪兽貔貅，音读作"皮休"。相传貔貅是一种凶猛瑞兽，而这种猛兽分有雄性和雌性，雄性名为"貔"，雌性名为"貅"。在古时这种瑞兽是分为一角或两角的，一角称为"天禄"，两角称为"辟邪"，后来再没有分一角或两角，多以一角造型为主。在南方，一般人是喜欢称这种瑞兽为"貔貅"，有些人将它称为"怪兽"或"四不像"等。中国传统是有"貔貅"的习俗，和龙狮一样，有将这地方的邪气赶走，带来欢乐及好运的作用。

辟邪便是貔貅了。怪兽由于是神话中的动物，所以没有真正的形象可作依据，只能由画师及艺术工作者凭空想象，所以怪兽的造型也比较多款。貔貅的形态比较统一，如有短翼、双角、卷尾，鬃须常与前胸或背脊连在一起，突眼，长獠牙。到现在常见到的貔貅多是独角、长尾巴。

怪兽也有招财的作用，可以放置在家宅的财位上，而貔貅又以玉制的招财力量最强。貔貅的造型很多，难以细分，较为流行的形状是头上有一角，全身有长鬃卷起，有些是有双翼的，尾毛卷须。貔貅还有旺偏财的作用，所以做生意的商人最喜欢安放貔貅在公司或家中。

水晶

(4) 水晶

现在很多女孩子都喜欢将水晶作为装饰品,作为吉祥物佩戴在身上。在办公室也可以把水晶饰件摆放在桌上,同样能给你带来好运气。水晶分为天然水晶和人造水晶,其中天然水晶的作用更强、效果更佳。如有条件,尽量使用天然水晶。

金元宝

(5) 金元宝

金光灿灿的元宝很招人喜爱,生意人喜欢把元宝放在容易看得见的地方,抬头见喜,取生财招财的彩头。一般是一对元宝并用。可以将一对金元宝放在全屋最大的窗口或窗台上,左右角各放一只,象征着把窗外的财气吸纳进来,窗口越大财气越旺;也可以放在大门入屋斜角的角落,此处地方藏风聚气,亦是财位,放上一对金元宝以加强招财进宝之气。

(6) 石狮子

石狮子

瑞兽的一种,过去不少大户人家均摆放一对石狮子在门口。如果现在你窗外所对的环境不好,可放一对小石狮子面向窗口化解,这样还有生权的意思。传统说法凡是以口维生的行业,如律师、艺员等,可在办公室内摆放一对石狮子以振声威,有助于生财。

铜狮子也一样,一般放在面向大门的位置,凡是有路相冲或开门见灯柱者皆可用。铜为金属,可克制木,如果打开窗户的对面可见大树,就可以用。如有属水之人,更适合摆个铜狮,因为金能生水,可旺财。

麒麟

(7) 麒麟

麒麟与龙神、凤神、龟神,在古时被称为四灵兽。麒麟用途非常广泛。摆放时麒麟头向外即可,其势甚劲,宅主财运必佳。麒麟以细巧为宜。

金蟾

(8) 金蟾

据说是最佳旺财吉祥物,注意这种金蟾只有三只脚,背北斗七星,嘴衔两串铜钱,头顶太极两仪,脚踏元宝山及写有"招财进宝、一本万利、二人同心、三元及第、四季平安、五谷丰登、六合同春、七子团圆、八仙上寿、九世同居、十全富贵、康熙通宝、乾隆通宝"等等的铜钱。这蟾蜍并非普通蟾蜍,它拥有三只脚,与其他四条脚的蟾蜍不同,它会吐钱,传说本是妖精,后被刘海仙人收服,改邪归正,四处帮穷人,吐钱给人们,所以后来被人们当做旺财瑞兽。

要在室内摆放蟾蜍,注意要头向内,不宜向外,否则所吐之钱皆吐出屋外。

龙龟

(9) 龙龟

龙龟也是一种瑞兽，主吉祥招财。龙龟放在财位可催财，放在三煞位或水气较重的地方最有效，龙龟在位能化解口舌争端兼加强人缘。有部分龙龟的背部是活动的，可以掀起放入茶叶及米粒，增强吉祥效果。

(10) 铜羊

羊取"赢"之意。羊属和平之物，可化解工作中不如意，减除小人口舌。

(11) 铜风铃

风铃声音悦耳，风铃的摆动可加强金气，激活和刺激气能，有助于化解不好的环境。

铜风铃

(12) 五帝钱

五帝钱是指清朝顺治、康熙、雍正、乾隆、嘉庆五个皇帝时的铜钱，可避邪。把五帝钱放在门槛内，可挡煞，放在身上可以避邪，或用红封包装着，可增加自己的运气。

(13) 关公

民间尊关公为武财神，原名关云长，是三国时代的武将，与刘备及张飞结义，形象威武，忠肝义胆，可镇宅避邪、护佑平安、招财进宝、财源广进。摆放必须面对屋外。

(14) 文财神

又名财帛星君，是一个面带白、须黑而长的神仙，身穿锦衣玉带，号称金神，是天上的太白星君，专职掌管天下之财，若能安装得益，求财者自能得财。摆放时必须面对自己屋内，方能财源广进。

(15) 挂图

办公室的气场一般来说会比自己家里的气场来得"硬"一些，可以在眼前摆张柔和的图，在工作量大时亦能从容以对，如田园风光的山水画或花鸟虫草的国画。

(16) 风扇

气通人心爽，桌子上摆个小风扇，可以加速座位附近的气场更加畅通，久而久之，人气攀升，很快得到主管的善意回应。

(17) 地球仪

地球仪也是老板们常用的风水吉祥物，它象征统筹帷握、身价高贵、事业成功、壮志凌云，能激发人的意志，也暗示着老板的事业蒸蒸日上，而且能开拓事业的发展。

(18) 植物

在座位旁可以摆上一株小植物，但要记得选叶子大的阔叶型植物，这种植物可以帮助你的财运爬升！

143 Workspace fengshui 办公室风水

闯运

HOW TO IMPROVE YOUR OFFICE FORTUNE

如何改善你的办公室运程

努力工作、认真打拼，为何升官加薪总没你的份？想知道是什么原因让你的事业运势低靡不振吗？其实关键就在你每天工作的地方。办公室风水不佳，不但容易招惹小人，也容易阻碍自己的事业前程！现在快来检视一下你的办公室风水，找出让你工作运低靡的原因，并利用以下的事业开运法，帮助你强化职场运势，让你顺利升职又加薪！

Clever Proposal to Enhance Career Fortune

一、巧布办公室，增加事业运

人人都想事业一帆风顺，但往往会事与愿违，这时候可以研究一下是否你办公室的风水出了问题。本章将给大家提供一些风水开运法，增加大家的事业运。当然大家也要勤奋工作，升职加薪才会有希望！

1. 如何在办公室巧布靠山

风水学上认为背有靠山，代表有贵人相助，所以在办公室最理想的座位，便是背墙而坐。如果背后有复印机，同事经常开合，会造成很多不必要的干扰，无形中会减低贵人扶助的能力。想改善的话，最好在座椅后加添屏风，以此加强效力。若情况不许可，则可退而求其次改用以下两个改善方法，即可在椅背（向外的一面）贴上黄色卡纸，喻作山，起阻隔作用，或者在座椅下面放置8个石头，犹如有座小山作依靠。

2. 增加好运的摆设品

在办公室摆放有利的东西，可助长事业运，生肖饰品便是影响事业运的重要因素之一。12生肖可根据其五行而分为四大组别：属水的生肖包括鼠、

猴、龙，应摆放金属物品，发挥"金生水"的功效；属火的有虎、马、狗，宜摆放属木的东西，有助催旺火，所以绿色的东西，如花或小盆栽都是不错的选择；而猪、羊、兔属木，由于"水生木"，故应摆放黑色的东西，如水或水种植物；余下的蛇、鸡、牛则属金，因"土旺金"，故应摆放黄色、咖啡色、杏色的东西或土种植物。

3. 电话号码中的吉祥数字

电话号码尾数对事业运也有一定影响，但是每一个地方有民俗习惯，一般人忌4和7，广东和港澳地区的人喜欢"8"，意为发，"3"为生或升，"2"为易，把2和8搭配为号码的最后2个字，28为"易发"，1、5、6、9、0为中平数，而有些地方往往会把4看作吉祥平安数，因为四季平安的含义。现在电话号码和汽车车牌都不愿意用4和7，宁愿用高价拍买带8和3的车牌。

4. 在办公室"迎水"的开运窍门

迎水而不送水：在都市里面不可能有真的河流。汽车人潮就是水，办公大楼最好靠近大马路，大马路水才多人气。这个大楼办公室里面的座位要顺着车和人的方向来坐，也就是迎着水才可以增加赚钱的速度。

面水而不背水：如果没有靠大马路，办公室座位可以靠着楼的后面或里面，当然通常这是主管或者老板的

3

位置。座位的前面可以摆一个人工瀑布，大概跟桌子平行，让水往自己的方向流过来，就是迎着水。

如果是个人的办公室，这时可以准备一个里面放水的杯子，并且里面放上圆圈的玻璃球，每天早上进办公室时再添一点水，代表水向自己的方向流过来，亦有助于增加事业运。

5. 如何规避办公室陷阱

办公室内陷阱处处，是非多多，正所谓害人之心不可有，防人之心不可无，只要偶有不顺，就会遭小人打小报告，轻则影响同事们对你的观感，重则使上司觉得你办事能力不足，难展拳脚。

当然，最好是先反省自己，不要成为别人的小人，才是根本之道。现在提供几个方法来防小人。

一是座位背后放一个书柜或是屏风，书柜要比坐着的人高，感觉后面有靠才可以。

二是在屋内的大门挂上风铃，当门打开时会叮叮作响，可防小人。风铃的材质不拘，可用铜制或金属制的风铃。

6. 巧设催官局，让你加薪升职

催加薪升职运最好是能够在家里或写字楼内放一个催官局，但催官局应根据家居不同方位去布局，而且不是每一个方位都能布局。所以可改而采用简单之法，以流年之吉凶位置去推算布置，可以在自己的住处放一盆花生，中间放一个水晶柱。

7. 招财又升迁的风水高招

如果你觉得自己工作很卖力，却与升迁无缘，就要来学学这招既可招财又能升迁的妙法。

准备五个古钱，用一个红包，红包内放10、80元或188元钱，然后和五个古钱放在一起。在一张红纸上面写好个人生肖，和钱放在一起，用红纸袋包好，并且在纸袋上写"招四方财"。

5

若是从事业务工作的人，则要准备两包，一包放在办公室的桌内，另一包则带在身上，不论是坐飞机，还是坐船、坐火车，都有保平安的效果。

8. "借气"博取老板欢心

石狮借气：庙门口石狮子整天吸收日月精华，能带给人们好运。怀才不遇的人可以先摸石狮子额头，再摸自己的额头，让好的气场附在自己身上。

擦亮额头：额头附近是官禄宫，代表事业发展以及职场运势，如不受上司重视，可能这里气色也很暗沉。解决方法是常擦保养品，保持额头发亮。

宝石助我：请准备7种不同材质，颜色如水晶、玛瑙、玉石等的石头，放在不限材质的容器当中，安置在自己办公桌的左手边，帮助自己顺利地

工作。

后有靠山：办公室座位后方一定要有墙壁、橱柜等屏障作为依靠，否则有悬空的感觉，导致工作不安稳。

铜板大顺：同样在办公桌左手边，或最大、最上方的抽屉上放铜板或铜钱，有改运的效果。66枚铜板表示"顺顺"，88枚铜板表示"发发"，168枚铜板表示"一路发"。如果一时找不到这许多铜板，可以用"五帝钱"或八钱串代替效果更佳。

水晶纳气：紫水晶洞是常用的风水道具，因为其凹下去的洞穴，可以带来好运。不妨放在办公桌的左手边，但是切记不要让水晶洞碰到水。

Goods Proposals to Improve Colleague Intercourse

二、改善人际关系的物品摆放方法

1．改善人缘的物品摆放

人缘好坏关系到一个员工在公司的前途，而通过在办公室摆放一些吉祥小物品可有效改善人际关系。根据男女旺位的异同，不同性别的员工可分别选择适合自己的风水物品。女性可在办公桌左上角摆放红色丝带或相架，以加强人缘运，令同事间和睦相处，自己工作起来也会得心顺手，并较易得到上司的信任；至于男性则可在办公桌右上角摆放水晶，或者独角兽或麒麟，有助催旺事业运。

2．巧用水杯舒缓暴躁脾气

电脑是现今办公室不可少的工具，但电脑属金，如果办公室的电脑数量过多，易令人脾气变得暴躁、思绪紊乱，无法集中专注地工作。化解方法非常简单，建议大家可摆放一个透明或白色的水杯，并注入六分水，因水有助泄去金气，故可令人头脑清晰，舒缓暴躁情绪。为免太刻意，也可用平日饮水的杯子，每次喝剩六分便可。

2

3．轻松创造优质职场环境

想要尽快升迁或改善人际关系吗？其实只要动动手，就可以轻松地制造优质的职场环境。

方法一：植物化煞法

如果你的座位前方或旁边刚好有厕所，可在座位和厕所之间，放一些阔叶类大型盆栽植物，一来可吸掉来自厕所的秽气，二来可以挡不好的磁场。

方法二：屏风挡大门煞气

如果座位刚好冲到大门，除非本身的磁场非常强，可以挡住大门的强力能量流，否则时间一久自己的磁场一定会被干扰，运势和脑子就跟着不稳了。建议用屏风来挡煞。

方法三：台灯化煞法

如果座位上方有梁柱的话，可以在梁柱的正下

方放一盏台灯。时常让灯泡亮着，可以减少上方来的不良气场。

方法四：座位的墙上不宜任意挂图

一些比较阴沉或恐怖的图画，不适合挂出来每天看，猛兽或线条激烈的图画也不适合挂出来，因为这些均有不良的暗示作用，看久了会增加潜意识中的不稳定情绪。办公室内最好以素雅或线条柔和、简单的图画来布置，最能提高效率。

方法五：座位周围不要种藤类植物

室内的植物应以阔叶类为主，因为叶子大可以挡煞，又可以吸收天地的能量。而叶子小或是会缠绕的线型植物，基本上都属阴，会吸我们的能量，最好不要摆。

附录：

如何算人的命卦

一个人的命卦是根据出生年月计算的。每一年出生的人都有不同的卦象，所谓"一年"，并不是由农历一月一日到年底大除夕，也不是由阳历一月一日到十二月三十一日，而是由一年的立春到下一年的立春前夕。

（1）男命公式

①首先将出生的公元数相加。

②若公元数之和小于9，则用11减去该数，所得差便是其命卦。

③若公元数之和大于9，则将该数的个位数与十位数再次相加，然后用11减去个位数与十位数之和，所得差便是其命卦。

④若所得之差仍大于9，则再减去9，所得数就是其命卦了。

（2）女命公式

①首先将出生的公元数相加。

②若公元数相加之和小于9，则将公元数之和加上4，所得之和若大于9，则再减去9所得的差即为其命卦。

③若公元数相加之和大于9，则将其个位数与十位数再相加一次，然后将个位数与十位数之和加上4，所得的数若大于9，则再减去9，余数即为其命卦。

余数所代表的命卦表列如下：

余数为：	一坎命	二坤命	三震命	四巽命
	五坤命（男）	艮命（女）		六乾命
	七兑命	八艮命		九离命

出生年份	男命	女命	出生年份	男命	女命	出生年份	男命	女命
1930 庚午	兑金●	艮土●	1960 庚子	巽木○	坤土●	1990 庚午	坎水○	艮土●
1931 辛未	乾金●	离火○	1961 辛丑	震木○	震木○	1991 辛未	离火○	乾金●
1932 壬申	坤土●	坎水○	1962 壬寅	坤土●	巽木○	1992 壬申	艮土●	兑金●
1933 癸酉	巽木○	坤土●	1963 癸卯	坎水○	艮土●	1993 癸酉	兑金●	艮土●
1934 甲戌	震木○	震木○	1964 甲辰	离火○	乾金●	1994 甲戌	乾金●	离火○
1935 乙亥	坤土●	巽木○	1965 乙巳	艮土●	兑金●	1995 乙亥	坤土●	坎水○
1936 丙子	坎水○	艮土●	1966 丙午	兑金●	艮土●	1996 丙子	巽木○	坤土●
1937 丁丑	离火○	乾金●	1967 丁未	乾金●	离火○	1997 丁丑	震木○	震木○
1938 戊寅	艮土●	兑金●	1968 戊申	坤土●	坎水○	1998 戊寅	坤土●	巽木○
1939 己卯	兑金●	艮土●	1969 己酉	巽木○	坤土●	1999 己卯	坎水○	艮土●
1940 庚辰	乾金●	离火○	1970 庚戌	震木○	震木○	2000 庚辰	离火○	乾金●
1941 辛巳	坤土●	坎水○	1971 辛亥	坤土●	巽木○	2001 辛巳	艮土●	兑金●
1942 壬午	巽木○	坤土●	1972 壬子	坎水○	艮土●	2002 壬午	兑金●	艮土●
1943 癸未	震木○	震木○	1973 癸丑	离火○	乾金●	2003 癸未	乾金●	离火○
1944 甲申	坤土●	巽木○	1974 甲寅	艮土●	兑金●	2004 甲申	坤土●	坎水○
1945 乙酉	坎水○	艮土●	1975 乙卯	兑金●	艮土●	2005 乙酉	巽木○	坤土●
1946 丙戌	离火○	乾金●	1976 丙辰	乾金●	离火○	2006 丙戌	震木○	震木○
1947 丁亥	艮土●	兑金●	1977 丁巳	坤土●	坎水○	2007 丁亥	坤土●	巽木○
1948 戊子	兑金●	艮土●	1978 戊午	巽木○	坤土●	2008 戊子	坎水○	艮土●
1949 己丑	乾金●	离火○	1979 己未	震木○	震木○	2009 己丑	离火○	乾金●
1950 庚寅	坤土●	坎水○	1980 庚申	坤土●	巽木○	2010 庚寅	艮土●	兑金●
1951 辛卯	巽木○	坤土●	1981 辛酉	坎水○	艮土●	2011 辛卯	兑金●	艮土●
1952 壬辰	震木○	震木○	1982 壬戌	离火○	乾金●	2012 壬辰	乾金●	离火○
1953 癸巳	坤土●	巽木○	1983 癸亥	艮土●	兑金●	2013 癸巳	坤土●	坎水○
1954 甲午	坎水○	艮土●	1984 甲子	兑金●	艮土●	2014 甲午	巽木○	坤土●
1955 乙未	离火○	乾金●	1985 乙丑	乾金●	离火○	2015 乙未	震木○	震木○
1956 丙申	艮土●	兑金●	1986 丙寅	坤土●	坎水○	2016 丙申	坤土●	巽木○
1957 丁酉	兑金●	艮土●	1987 丁卯	巽木○	坤土●	2017 丁酉	坎水○	艮土●
1958 戊戌	乾金●	离火○	1988 戊辰	震木○	震木○	2018 戊戌	离火○	乾金●
1959 己亥	坤土●	坎水○	1989 己巳	坤土●	巽木○	2019 己亥	艮土●	兑金●
						2020 庚子	兑金●	艮土●

图书在版编目(CIP)数据

事业昌盛：办公室装修装潢 / 谈云达编著. —成都：
成都时代出版社，2008.1
ISBN 978-7-80705-609-6

Ⅰ. 事… Ⅱ. 谈… Ⅲ. 办公室—室内装修—风水—基本
知识 Ⅳ. B992.4 TU767

中国版本图书馆 CIP 数据核字 (2007) 第 150858 号

事业昌盛 办公室装修装潢
SHIYE CHONGSHENG BANGONGSHI ZHUANGXIU ZHUANGHUANG
谈云达 编著

出 品 人	秦 明
责 任 编 辑	罗 晓
责 任 校 对	龚爱萍
装 帧 设 计	◎中映·良品 （0755）26740502
责 任 印 制	莫晓涛

出 版 发 行	成都传媒集团·成都时代出版社
电 话	（028）86619530（编辑部） （028）86615250（发行部）
网 址	www.chengdusd.com
印 刷	深圳宝峰印刷有限公司
规 格	787mm×1092mm　1/16
印 张	10
字 数	180千
版 次	2008年1月第1版
印 次	2008年1月第1次印刷
印 数	1-15000册
书 号	ISBN 978-7-80705-609-6
定 价	48.00元